Peters Versprechen

... und 14 weitere Kindergeschichten
zum Selberlesen und Vorlesen

Sarah Brubacher

Samenkorn

1. Auflage 2009

Übersetzung: Naemi Fast
Illustrationen: Susanne Warkentin
Satz und Umschlaggestaltung: Samenkorn e.V.
Druck und Bindung: CPI – Ebner & Spiegel, Ulm
ISBN: 978-3-936894-66-0

Geschichtenverzeichnis

Vorwort der Autorin

Zuallererst möchte ich meiner Familie und meinen Freunden danken, die mir die Herausgabe dieses Buches ermöglicht haben. Ihre Hilfe beim Korrigieren, Illustrieren, Materialsammeln und vielen anderen Arbeiten schätze ich sehr hoch. Ich wurde von verschiedenen Seiten ermutigt, einige meiner früher in Zeitschriften erschienenen Geschichten in einem Buch zu veröffentlichen. Mein aufrichtiger Wunsch ist es, dass sie für viele zum Segen werden können. In meinem Herzen ist ein besonderer Platz für alle Kinder, die mir bekannt oder unbekannt sind. Möge der Herr euch alle reichlich segnen!

Sarah Brubacher

An die jungen und älteren Leser

Die Frau, die diese Geschichten geschrieben hat, heißt Sarah Brubacher. Sie kam in einer amischen Familie zur Welt und hatte noch sieben Geschwister. Vieles, was sie in den Geschichten beschreibt, erlebte sie und ihre Geschwister zuhause. Sie fuhren mit der Pferdekutsche zum Gottesdienst, liefen mit ihren Broteimern und den Büchertaschen durch den Wald zur Schule und jedes Kind hatte zuhause seine Aufgaben: Geschirr waschen, Kühe melken, Stall ausmisten. Doch Sarah konnte nicht alles mit ihren Geschwistern mitmachen, wie alle anderen Kinder. Als sie drei

Jahre alt war, bekam sie Gelenkrheumatismus, der ihre Gelenke mit der Zeit soweit lähmte, dass sie völlig auf fremde Hilfe angewiesen war. Sie war oft sehr traurig, weil sie sich so nutzlos fühlte. Doch Gott gab ihr eine schöne Gabe und hatte auch eine Aufgabe bereit. Sarah fing an, kleine Geschichten zu schreiben, die in verschiedenen Zeitschriften herausgegeben wurde. Den Lesern gefielen die Geschichten gut und so gab sie mit 36 Jahren das Buch „Tante Sarahs Kindergeschichten", Band I in englischer Sprache heraus. Zu dem Zeitpunkt war sie bereits völlig hilflos und konnte ihre Hand nicht einmal wenige Zentimeter ausstrecken, um sich die Augen zu reiben, oder etwas von ihrem Schoß aufzuheben. Aber sie hatte freundliche Menschen um sich, die ihr gerne halfen und so gab sie später noch weitere Geschichten- und Malbücher heraus.

Nach dem Tod ihrer Eltern lebte Sarah mit ihren beiden unverheirateten Schwestern zusammen, die für sie sorgten. Eine Schwester starb mit 49 Jahren an Krebs. Sarah und ihre Schwester Selina bekamen oft Besuch von ihren Geschwistern, Neffen und Nichten, die auch gerne bei der Betreuung halfen.

Während der Arbeit an der Übersetzung und Gestaltung der deutschen Ausgabe des Buches erhielten wir die Nachricht, dass Sarah Brubacher am 23. Dezember 2008 im Alter von 55 Jahren zu ihrem Herrn heimgegangen ist. Die Geschichten in diesem Buch sollen ein kleines Vermächtnis an ihre jungen Leser sein.

Die Übersetzerin

Die barmherzige Samariterin

Barbara rannte den Kiesweg entlang. „Warum muss ich ausgerechnet heute so spät heimkommen?“, fragte sie sich. „Gerade heute, wo doch Oma den ganzen Tag bei uns ist. Wenn ich mich beeile, bin ich vielleicht rechtzeitig da, bevor sie weggeht. Dann kann ich sie wenigstens noch sehen.“

Natürlich war Barbara Miss Troyer dankbar, dass sie ihr die schwierige Rechenaufgabe extra nochmal erklärt hatte. Es hatte nur eine Viertelstunde gedauert, aber Barbara war es sehr lang vorgekommen. Jetzt eilte sie nach Hause. Der Wind peitschte gegen ihren Mantel. Sie duckte sich und versuchte ihr Gesicht hinter dem Kragen zu verbergen. Als sie sich George Snyders Haus näherte, wurde sie noch schneller. Hoffentlich bemerkte er sie heute nicht! Manchmal kam er heraus, um mit ihr oder ihren Brüdern zu reden. Zu jedem anderen Zeitpunkt war das in Ordnung für Barbara, weil er manchmal Süßigkeiten oder Äpfel für sie hatte. Aber heute war sie sehr in Eile.

Da hörte sie die Stimme des alten Mannes, der ihren Namen rief. Ohne es eigentlich zu wollen, wandte sie ihren Kopf und sah zu dem Haus herüber. George stand auf der Schwelle, winkte mit seinem Krückstock und rief sie.

Barbara winkte zurück und hoffte, dass er damit zufrieden war, aber sie hatte sich geirrt. Als er sah, dass sie weiterging, wurde sein Rufen lauter und drängender. „Dann muss ich wohl gehen und nachsehen, was er will“, dachte Barbara unwillig. „Schließlich ist er lahm und einsam. Er braucht jemanden, der ihn aufmuntert, aber warum gerade heute?“ Langsam trottete sie den Pfad zu seinem Haus entlang. Sie hatte keine Angst, weil George ein netter Mann war. Früher, als er noch besser gehen konnte, war er öfters zu ihnen gekommen, um Milch zu holen. Seit seine Frau gestorben war, lebte er alleine.

Als Barbara den Hof erreicht hatte, war George schon ins Haus gegangen. Aber er wartete auf sie und lud sie mit einer Handbewegung ein, einzutreten. Barbara war noch nie in seinem Haus gewesen, aber sie hatte sich schon oft gefragt, wie es da drinnen wohl aussehen mochte. Von der Straße aus gesehen sah das Haus ziemlich schäbig aus und jetzt aus der Nähe wirkte es noch heruntergekommener als aus der Entfernung. Ihr Mantel verfing sich auf dem schmalen Gartensteg immer wieder in alten vertrockneten Pflanzenstengeln und Disteln. Die Treppenstufen vor dem Eingang knarrten und bogen sich unter ihrem Gewicht. Obwohl Barbara keine Angst vor George hatte, klopfte ihr Herz sehr rasch. Wenn doch bloß ihre älteren Brüder dabei wären!

„Komm herein“, sagte George und hielt ihr die Tür auf. „Ziemlich kalt draußen, nicht wahr?“

„Etwas“, sagte Barbara. Die Kälte hatte ihr nichts ausgemacht. Sie hatte es so eilig gehabt, nach Hause zu kommen, dass sie keinen Gedanken an die Kälte verschwendet hatte.

„Du glaubst gar nicht, wie froh ich bin, dich zu sehen“, sagte George. „Ich habe immer wieder versucht, etwas Holz für die Nacht hereinzubringen, aber meine Arme können es einfach nicht mehr halten. Und mein Rücken tut mir so weh." Sein Keuchen kam tief aus der Kehle und klang rau und besorgniserregend. Er hielt sich den Brustkorb, als habe er große Schmerzen.

„Ich helfe Ihnen, das Holz zu holen", sagte Barbara und bemühte sich dabei, sich nicht so auffällig umzusehen. Hier sah alles so alt und seltsam aus. Durch das Dämmerlicht im Haus wirkte alles etwas beängstigend. Die winzige Küche war so vollgestopft, dass es nur ganz kleine Zwischenräume zwischen den einzelnen Möbelstücken gab.

„Das Holz ist im Schuppen", erklärte George und zeigte auf eine Tür in der Ecke der Küche. „Ich wäre dir sehr dankbar, wenn du mir genug für diese Nacht hineinbringen würdest. Wenn es hier drin nicht etwas wärmer wird, dann werden die Schmerzen in meinen Knochen nur noch schlimmer."

Barbara stellte ihren Broteimer hin und trat aus der Tür. Sie ging ganz vorsichtig an dem Sofa vorbei, weil sie zufällig gesehen hatte, dass es nur noch auf drei Beinen stand. Sie wollte nicht dranstoßen und es umkippen.

Draußen im Holzschuppen dachte Barbara wieder an ihre Oma. „Vielleicht schaffe ich es noch bis nach Hause, bevor sie weggeht", dachte sie, hatte aber wenig Hoffnung. Oma würde sichergehen wollen, dass sie ihr Haus noch vor Einbruch der Dunkelheit erreichen konnte, und sie hatte einen weiten Weg zu gehen. Vielleicht war sie schon weggegangen. Barbara schluckte ihre Tränen der Enttäuschung hinunter.

Als sie mit dem ersten Armvoll Holz hineinkam, bewegte sich plötzlich etwas direkt neben ihr. Sie sprang hoch,

aber als sie in die Ecke sah, aus der es gekommen war, war da nichts mehr. Irgendwie hatte sie das Gleichgewicht verloren und ein paar Holzstücke polterten auf den Boden.

„Der Schatten hat mich erschreckt“, rief sie und sammelte rasch die heruntergefallenen Holzstücke auf.

George schüttelte sich vor Lachen. „Das war kein Schatten. Es war meine Perserkatze. Schau, da ist sie.“

Barbara sah hin. Auf einem Ende des Sofas saß eine große Katze, eine der größten, die sie bisher gesehen hatte. Sie gähnte schläfrig.

„Du hast sie genauso erschreckt, wie sie dich“, lachte George. „Direkt aus ihrem Nachmittagschlaf hast du sie aufgeweckt. Sie ist nicht daran gewöhnt, dass jemand sich so schnell bewegt. Sie kennt nur mich und ich kann kaum einen Fuß vor den anderen setzen.“

Als Barbara mit dem zweiten Armvoll Holz hineinkam, kicherte der alte Mann immer noch. „Du musst mich schon entschuldigen, dass ich lache, aber ich habe schon lange nichts so Lustiges gesehen“, sagte er.

Barbara lächelte. Plötzlich tat George ihr sehr leid, weil er hier so alleine leben musste. Er hatte niemanden, mit dem er reden konnte, und kaum etwas, worüber er lachen konnte. Kein Wunder, dass er diesen Vorfall lustig fand.

Als Barbara wieder hineinkam, war George am Geschirrschrank beschäftigt. „Noch zwei Mal und dann habe ich genug“, sagte er. Seine Stimme klang beinahe so alt, wie sein Haus aussah.

Sobald Barbara fertig war, sagte sie: „Ich muss mich jetzt beeilen. Ich bin froh, dass ich Ihnen helfen konnte.“

„Aber du sollst nicht so schnell weggehen“, protestierte George. „Hier, nimm ein Stück von diesem Kuchen.“ Er schnitt ein Stück ab, legte es auf eine Untertasse und stellte sie auf den Tisch.

Der Kuchen sah gut aus und Barbara war hungrig. Es war nun sowieso zu spät, um Oma noch anzutreffen. Da konnte sie genauso gut noch ein wenig bleiben.

George humpelte zum Stuhl und setzte sich hin. „Du warst heute eine barmherzige Samariterin. Zwei Jungen sind vorbeigegangen, ich rief sie, aber sie gingen einfach weiter. Ich hatte schon Angst, dass du mich nicht bemerken würdest, weil der Wind so heulte. Aber dann kamst du und halfst mir. Vielen, vielen Dank.“

Barbara biss sich auf die Lippen. Sie dachte daran, dass sie beinahe genauso wie ihre Brüder einfach weitergegangen wäre. Wie gut, dass sie es nicht getan hatte! Der arme George hätte eine furchtbare Nacht gehabt, wenn sie ihm nicht Holz hineingebracht hätte.

„Danke für den Kuchen“, sagte sie freundlich. „Er war sehr lecker. Aber jetzt muss ich gehen. Mama wird sich Sorgen machen, wenn ich noch länger bleibe.“

„Auf Wiedersehen, barmherzige Samariterin, und danke nochmal“, rief George ihr nach, als sie ging.

Barbara rannte beinahe den ganzen Weg nach Hause. Sie fragte sich, was George wohl gemeint hatte, als er sie ‚Samariterin‘ nannte. Sie kannte die Geschichte. Aber darin kam nicht vor, dass man jemandem Holz hereinbrachte. Sie handelte von einem Mann, der einem anderen Mann half, der von Räubern geschlagen und ausgeraubt war.

Ganz atemlos kam Barbara nach Hause. „Ist Oma noch da?“, fragte sie.

„Nein, sie ist gerade weggegangen“, antwortete die Mutter. „Sie hat so lange gewartet, wie es nur ging, aber dann musste sie schließlich gehen, um noch vor Einbruch der Dunkelheit nach Hause zu kommen. Waren deine Rechenprobleme so schlimm oder warum hat die Lehrerin dich so lange dabehalten?“

„Die Rechenaufgabe hat nicht so viel Zeit gebraucht. Ich wäre nicht so spät, wenn nicht George Snyder gewesen wäre.“ Sie hängte ihren Mantel auf den Hacken in der Garderobe. Jetzt, da sie ihre Großmutter nur um ein Haar verpasst hatte und hörte, dass sie extra auf sie gewartet hatte, stieg Ärger gegen George, der sie aufgehalten hatte, in ihr auf. „Ich habe Oma schon so lange nicht mehr gesehen und es wird jetzt bestimmt wieder ganz lange dauern, bis sie wiederkommt.“

„Hier, iss ein Stück von ihrem Kuchen“, sagte die Mutter. „Und jetzt erzähl mir, was los war.“

Barbara ließ sich auf den nächsten Stuhl fallen. „Ich ging gerade an Georges Haus vorbei, als ich ihn rufen hörte. Weil ich es so eilig hatte, wollte ich nicht stehenbleiben, aber er rief und rief immer wieder. Ich konnte einfach nicht weitergehen. Aber ich glaube, es war gut, dass ich hineingegangen bin, weil er so große Schmerzen und so einen schlimmen Husten hat und jemanden brauchte, der ihm das Holz hineinbrachte.“ Beim Gedanken an Georges Dankbarkeit erhellte sich Barbaras Miene wieder ein wenig. „Mama, bist du schon mal in dem Haus drin gewesen? Es ist sehr alt.“

„Ja, ich war mal da, aber das ist schon lange her“, antwortete Mutter. „Das Haus ist wirklich alt, das sieht man ja schon von der Straße aus.“

„Aber es ist noch älter, als es von außen aussieht“, sagte Barbara eifrig. Sie war jetzt über ihre Enttäuschung hinweg. Nachdem sie Georges Haus beschrieben hatte, fiel ihr noch etwas ein. „George sagte, ich sei eine barmherzige Samariterin. Als ich wegging, rief er mir nach: ‚Auf Wiedersehen, barmherzige Samariterin.‘ Was meinte er damit?“

„Du kennst doch die Geschichte aus der Bibel über den barmherzigen Samariter, oder?“ fragte Mutter. „Da waren ja zwei Männer, die einfach vorbeigingen, ohne dem Mann zu helfen und dann kam ein anderer, der stehenblieb, um zu helfen.“

Barbara erinnerte sich. Und dann verstand sie plötzlich, was George gemeint hatte. In dem Augenblick kamen Samuel und Peter herein. „Endlich zu Hause!“, rief Samuel, als er Barbara sah. „Wo bist du den ganzen Abend gewesen?“

„Warum seid ihr nicht stehengeblieben, um George Snyder zu helfen, als er rief?“, fragte Barbara, ohne die Frage ihres Bruders zu beachten.

„Wir hatten es eilig und außerdem dachten wir, dass er bestimmt nicht wirklich etwas braucht. Er will ja oft einfach nur jemanden, mit dem er erzählen kann.“

„Diesmal nicht“, sagte Barbara. Aufgeregt erzählte sie ihre Geschichte. Die Jungen hörten gespannt zu.

„Wenn jeder seine Hausarbeit erledigt hat, können wir nach dem Abendessen die Geschichte vom barmherzigen Samariter lesen“, sagte Mutter. „Ich denke, wir können alle etwas daraus lernen, besonders nach dem, was heute geschehen ist."

Zwei Stunden später war die Hausarbeit für heute erledigt. Die Kinder setzten sich, um die Geschichte zu hören, die Mutter ihnen versprochen hatte. Vater las die Geschichte zuerst so, wie sie in der Bibel stand und dann erzählte er eine Geschichte, die sehr ähnlich war. Er nannte sie ‚Geschichte von einem barmherzigen Samariter heute'. Sie handelte von einem alten Mann, der ganz alleine in einem kleinen Haus am Wegesrand lebte. Er brauchte Hilfe und rief die Menschen, die vorbei gingen. Aber die Jungen gingen weiter und waren zu beschäftigt, um ihm zu helfen. Dann kam ein kleines Mädchen den Weg entlang. Sie hörte den Ruf und half ihm.

Barbara lächelte. Vater erzählte die Geschichte so, als sei sie vor langer Zeit passiert, aber in Wirklichkeit war es ihre Geschichte, die gerade erst heute nachmittags geschehen war. Damit sagte er ihr indirekt, dass sie das Richtige getan hatte. Barbara warf einen verstohlenen Blick auf ihre Brüder und sah, dass sie beschämt und traurig wirkten.

Als die Geschichte aus war, sagte Samuel: „Das nächste Mal, wenn George ruft, bleibe ich stehen und helfe ihm."

Peter hatte sogar noch eine bessere Idee. „Ich werde nicht warten, bis er ruft. Darf ich morgen nach der Schule zu ihm gehen und nachsehen, ob er jemanden braucht, der ihm das Holz reinbringt?"

„Das ist eine gute Idee", sagte Vater. „Ihr Jungs könnt euch damit abwechseln, bis es ihm wieder besser geht. Ich bin sicher, dass er sich darüber freuen wird, so wie er sich gefreut hat, dass Barbara ihm heute geholfen hat."

Barbara lächelte wieder. Sie war froh, dass sie George geholfen hatte, auch wenn sie deshalb Oma verpasst hatte. Der Dienst einer Samariterin hatte ihr mehr Freude gebracht, als sie durch ihr späteres Heimkommen versäumt hatte. Sie nahm sich vor, jeden Tag eine barmherzige Samariterin zu sein.

Nur dies eine Mal

Der zehnjährige Daniel Yoder schwang seinen Broteimer hin und her, während er auf der Straße dahin marschierte. Der Kies knirschte unter seinen Füßen. Er wollte so schnell wie möglich von der Schule nach Hause kommen, weil er heute ein Vogelhäuschen für seine Lehrerin machen wollte. Es sollte ein Geschenk zu ihrem Geburtstag werden, der schon in drei Tagen war. Er beschleunigte seine Schritte und ihm kam es vor, als könnte er nicht schnell genug zu seiner Schreinerarbeit zurückkehren. Es gab nichts, das er lieber tat.

Ein Seufzer entfuhr seinen Lippen. Für heute Abend hatte er einige Extrapflichten daheim. Gerade heute morgens hatte sein Vater ihm erklärt, dass er heute abends spät nach Hause kommen würde, weil er den ganzen Tag Onkel Menno Bylers Familie helfen wollte. Sie lebten zwölf Meilen weiter, deshalb würde Vater nicht vor der Schlafenszeit zuhause sein. Das bedeutete, dass Daniel außer seinen üblichen Pflichten auch noch die Kälber füttern musste. Gewöhnlich machten Vater und er das zusammen, aber Daniel hatte es auch schon mehrmals alleine gemacht. Seine jüngeren Brüder George und Andrew würden Mama bei den anderen Hausarbeiten helfen.

Daniel beobachtete, wie ein gelbes Blatt direkt vor ihm durch die Luft schwebte. Als er sich umsah, sah er seine

Brüder in der Ferne auf dem Weg auftauchen. Wenn er sich beeilte, konnte er noch vor dem Abendessen und den Hausarbeiten mit dem Vogelhäuschen beginnen.

„Mama, kann ich was zum Essen haben?“, rief er, als er in die Küche stürzte.

„Warum so eilig?“, fragte die Mutter, die gerade ein Blech Kuchen aus dem Ofen holte.

„Ich will mit dem Vogelhäuschen anfangen“, erklärte Daniel. „Ich will es bis zum Geburtstag der Lehrerin fertig haben.“

Die Mutter reichte ihm ein Stück frischgebackenen Kuchen. „Hast du von deinen Aufgaben heute Abend vergessen?“

„Nein, aber es ist ja noch früh. Vielleicht kann ich wenigstens die Vorlage auf das Holz abzeichnen. Ich bin schnell nach Hause gerannt, also habe ich noch Zeit.“ Daniel ging nach oben, um seine Alltagskleider anzuziehen.

In Nullkommanichts war er draußen in der Werkstatt. Er summte eine Melodie, während er mit den Fingern über die glatte Oberfläche der Sperrholzplanken strich, die er am Abend davor abgeschliffen hatte. Dann zog er die Augenbrauen zusammen und überlegte, wie er das Holz am Besten ausnutzen konnte. Er wollte ein Vogelhäuschen mit einem Dach machen.

Daniel nahm seinen Stift und begann eine andere Melodie zu summen. Er summte immer, wenn er hier in der Werkstatt, an seinem Lieblingsplatz, war.

„Da-ni-eeel! Abendessen!“, rief die Mutter. Daniel hörte abrupt auf. Schon Abendbrotzeit! Es war kaum zu glauben, wie schnell die Zeit verging.

„Wir warten alle schon“, brummte George, als Daniel eintrat. „Warum musst du immer so lange in der Werkstatt stecken?“, fragte George weiter. „Es wäre viel lustiger, wenn du mit uns in den Wald gehen würdest, um Ecker zu sammeln.“

Daniel wusch sich am Waschtrog. „Ich gehe mit euch in den Wald, wenn ich mein Vogelhäuschen fertig habe.“ Er schlüpfte auf seinen Platz am Abendbrottisch.

Nachdem sie gebetet hatten, sagte Mutter: „Daniel, du hast Vater immer beim Kälberfüttern geholfen. Heute abends verlässt er sich darauf, dass du deine Aufgabe alleine gut erfüllst.“ Sie war damit beschäftigt, Kartoffeln auf die Teller der kleinen Mädchen zu legen. Dann reichte sie den Brotteller herum. „George und Andrew werden mithelfen, die Kühe und die Schweine zu füttern.“

Daniel dachte an das brandneue Metermaß, das Vater ihm versprochen hatte. Er konnte es kaum erwarten, ein eigenes zu haben. Daniel erinnerte sich, dass Vater gesagt hatte: „Du machst es so gut mit dem Kälberfüttern, deshalb denke ich, dass ich dir ein solches Werkzeug schon anvertrauen kann.“

Mit einem Blick auf die Uhr sagte Daniel: „Ich denke, ich werde noch Zeit haben, am Vogelhäuschen zu arbeiten, nachdem ich meine Arbeit getan habe. Es muss fertig werden. Es ist nicht mehr viel Zeit bis zum Geburtstag meiner Lehrerin.“

Mutter legte eine Tomatenscheibe auf ihr Butterbrot. „Morgen ist Samstag. Ich will dafür sorgen, dass du Zeit für dein Projekt bekommst. Heute, nachdem du die Stallarbeit gemacht hast, wirst du nicht mehr viel Zeit übrig haben.“

Aber Daniel konnte seine Arbeit in der Werkstatt nicht vergessen. Er rannte zum Stall und öffnete den Deckel des Futterfasses. Es war ziemlich dunkel in der Ecke, in der die

Kälberpferche waren. Während er einen kleinen Eimer mit Futter zu dem nächstliegenden Pferch trug, zählte er, wie viele Eimer er noch brauchen würde. Da schoss ihm plötzlich eine Idee durch den Kopf. Warum konnte er nicht das restliche Futter einfach alles in einen Trog schütten? Das würde bedeuten, dass die Kälber, die am weitesten hinten standen, heute abends nichts außer Heu bekommen würden. Aber es würde doch bestimmt nichts ausmachen, wenn es nur dies eine Mal war. Es würde ihm einige Zeit sparen. Die anderen Kälber würden etwas hungrig bleiben, aber wenn das nur einmal passierte, war das bestimmt nicht schlimm. Der Gedanke bewegte sich die ganze Zeit in seinem Kopf. Er zögerte. Aber als er am vorletzten Trog angelangt war, hatte er sich entschieden. Schnell schüttete er alles restliche Futter in den Trog und ließ den letzten Pferch unbeachtet. Er rannte zurück zum Futterfass und knallte den Deckel zu. „Morgen muss ich es besser machen", dachte er. „Aber für dies eine Mal ist es so bestimmt in Ordnung."

Er hörte die Schweine vor Vergnügen quieken, während Andrew und George der Mutter beim Füttern halfen. Daniel schlüpfte unbemerkt aus dem Stall.

In der Werkstatt war er so vertieft in sein Schreinerprojekt, dass er die Kälber völlig vergaß. Gerade als er das erste Stück ausgesägt hatte, öffnete sich die Tür. George platzte herein. „Mama sagt, du musst für heute Schluss machen. Komm jetzt!", betonte er das letzte Wort.

„Nicht jetzt schon!", protestierte Daniel. Er drehte sich herum, sah George ins Gesicht und zeigte auf sein Werk: „Schau, was ich gemacht habe."

„Ich verstehe nicht, wie du Zeit dazu haben konntest. Vater hat mir bestimmt mehr Aufgaben heute abends gegeben als dir“, antwortete George.

„Komm, wir gehen jetzt“, sagte Daniel, „bevor Mutter uns wieder ruft.“ Er war nur allzu bereit, das Thema zu wechseln.

Am nächsten Morgen wachte Daniel in aller Frühe auf. Das Aufstehen fiel ihm diesmal überhaupt nicht schwer. Er traf seinen Vater im Kuhstall. „War mit den Kälbern alles in Ordnung gestern Abend?“, fragte der Vater.

„Ja, war alles normal“, antwortete Daniel. Er lehnte sich gegen die Wand.

„Das schwarze Kalb lag heute morgens tot da. Es sah ganz aufgebläht aus“, erklärte Vater.

Daniel biss sich nervös auf die Lippen. „Wie konnte das passieren?“ Er stieß mit seinem Schuh nach einem Strohbündel.

„Das Kalb hatte immer wieder Probleme gehabt, weil es so anschwoll, aber in der letzten Zeit ging es ihm schon viel besser. Bist du sicher, dass du ihm nicht zu viel Futter gegeben hast?“ Der Vater sah ihn mit besorgter Miene an.

Daniel wusste, dass sein Vater nun von ihm die Wahrheit erwartete. „Ich … ich war so in Eile und ich dachte …“, er machte eine Pause, „ich dachte, dass es nichts ausmachen würde, wenn ich einmal mehr Futter in den einen Trog schütten würde. Ich … ich musste doch das Vogelhäuschen fertigmachen.“

Der Vater melkte nun etwas schneller. „Ich dachte, ich konnte mich darauf verlassen, dass du es gut machen würdest.“

„Ich … ich dachte nicht, dass das Kalb sterben würde“, stammelte Daniel.

„Nein, das dachtest du sicher nicht, das glaube ich. Aber vielleicht wird dir das eine Lehre sein, dass du deine Aufgaben immer zuverlässig erledigen sollst. Gott sieht immer, was wir tun, auch wenn wir denken, dass die Menschen es nicht herausfinden werden. Komm mit zu dem Kälberpferch.“

Gehorsam folgte Daniel seinem Vater. Das tote Kalb sah genauso schrecklich aus, wie er es sich vorgestellt hatte. Wie sehr wünschte er sich nun, die Zeit nochmal zurückdrehen zu können! „Es tut mir leid, Vater“, sagte er.

„Ich bin froh, das zu hören.“ Der Vater öffnete die Pferchtür. „Ich hatte gedacht, ich könne mich darauf verlassen, dass du deine Arbeit ordentlich machst, wenn ich dir das Kälberfüttern anvertraue. Aber ich sehe, dass ich das nicht kann. Jetzt kann ich dir deshalb auch kein Maßband schenken.“

Daniels Mut sank. Er hatte sich das Maßband so sehr gewünscht.

Vater fuhr fort: „Ich will, dass du lernst, wie wichtig es ist, zuverlässig zu sein. Du musst mir selber beweisen, dass du das bist.“

Daniel war sehr enttäuscht. Aber er war entschlossen, Vater zu zeigen, dass er sich auf ihn verlassen konnte. Es hatte sich auf jeden Fall nicht ausgezahlt, dass er seine Aufgabe nicht gut gemacht hatte, auch wenn es nur dies eine Mal gewesen war.

Annas Entdeckung

Anna betrat die Küche mit den Armen voller Holzscheite. Als sie das Holz in den Kasten schüttete, warf sie einen neidischen Seitenblick auf ihre Schwester Naomi, die an der Nähmaschine saß. Sie ging zu ihr und strich vorsichtig über das Baumwollkleid, das Naomi gerade nähte.

„Ich wünschte, ich könnte auch sowas Großes machen", sagte Anna. „Es würde viel mehr Spaß machen, als die kleinen Aufgaben, die ich immer bekomme."

Überrascht sah Naomi auf. „Du meinst, du würdest lieber meine Arbeit machen? Aber nicht alle meine Aufgaben machen Spaß." Sie beugte sich über die Maschine und begann den Ärmel zu nähen.

Anna sah ihr noch eine Weile zu. Nähen war bestimmt aufregend. Ihre eigenen Aufgaben dagegen waren so langweilig! Sie drehte sich um und eilte in den Holzschuppen. Wie viel Spaß machte es denn schon, den Holzkasten aufzufüllen? Machte es etwa Spaß, den Tisch zu decken, oder die Spielsachen aufzuräumen? Anna seufzte. Es war bestimmt viel schöner, Naomis Arbeiten zu tun. Erwachsene hatten es viel besser.

„Beeil dich, Anna, bald kommen die Männer zum Abendessen", rief die Mutter.

Nach dem Abendessen begann Anna, die schmutzigen Teller aufzustapeln. Schon wieder steckte sie hier beim Geschirrwaschen, während Naomi sich umzog, um in den Stall zu gehen und die Kühe zu melken. „Mama, wie alt muss ich werden, bis ich eine Kuh melken darf?“, fragte Anna.

„Hm, du bist jetzt elf. Es wird nicht mehr allzu lange dauern, bis du es müssen wirst.“

„Du solltest dankbar sein, dass du nicht melken musst. Du weißt einfach nicht, wie müde die Arme dabei werden“, sagte Naomi.

Anna trug die Teller zum Spülbecken. Sobald die Außentür ins Schloss gefallen war, drehte sie sich um und sah der Mutter ins Gesicht. „Meine Arbeit macht keinen Spaß!“, schmollte sie.

Die Mutter hielt kurz inne, dann streckte sie die Hand nach der Gaslampe über dem Küchentisch aus und blies Luft hinein. Die Lampe wurde heller. Langsam sagte Mutter: „Ich verstehe, wie du dich fühlst, Anna. Das Leben anderer Leute erscheint uns oft besser. Aber früher oder später wirst du lernen müssen, dass niemand alles so hat, wie er es gern hätte. Unsere Freude soll nicht daher kommen, dass wir alles haben, was wir uns wünschen.“ Sie hielt inne.

„Wie meinst du das?“, fragte Anna.

„Nicht unsere Umstände machen unser Glück aus, sondern unsere Einstellung dazu. Zum Beispiel, wenn du meinst, dass alle Dinge, die du tun musst, keinen Spaß machen, wirst du nie glücklich sein. Aber wenn du anfängst, sie interessant zu finden, dann wird es dir anders gehen. Es ist unsere Einstellung, die zählt!“ Mutter hob einen Kessel mit dampfendem Wasser vom Ofen. „Ich helfe dir mit dem

Geschirr. Wir sind bald fertig und dann kannst du mit den Kleinen in der Scheune spielen."

„Nein, Mama, ich kann nicht einfach spielen. Ich muss doch zuerst die Futtergänge putzen." Während sie das Geschirr abtrocknete, musste sie darüber nachdenken, was ihre Mutter über das Glück gesagt hatte. Stimmte das? Würde es ihr gut gehen, wenn sie anders denken würde? Aber sie verwarf diese Gedanken. Ihre Aufgaben machten einfach keinen Spaß, weil sie jeden Tag dieselben langweiligen Sachen machen musste.

Der Abwasch dauerte nicht lange. Bald sagte Mutter: „Ich mach das hier fertig, du kannst gehen."

Anna holte ihren Mantel aus dem Schrank. Als sie hinaus in die kalte Nacht trat, raubte ihr der Wind beinahe den Atem. „Oh! Es stürmt!", rief sie aus. Man konnte die Lichter der Stadt in der Ferne gar nicht mehr erkennen. Sie versuchte ihr Gesicht mit dem Kragen zu schützen und eilte zur Scheune. Es schneite richtig stark. Für einen Moment vergaß Anna, wie unglücklich sie war. Aber sie vergaß es nicht für lange.

Als sie in die warme Scheune trat, traf sie zuerst auf Naomi, die ein Lied in den höchsten Tönen sang, während sie die Kuh melkte. „Naomi hat es viel besser als ich", dachte sie. „Das ist einfach ungerecht!"

Sie eilte an ihrer Schwester vorbei zu den Futtergängen, nahm den großen Besen und begann zu putzen. Diesmal arbeitete sie extra ganz langsam. Sie hoffte, dass der Vater merken würde, wie unglücklich sie war und dass sie ihm leidtun würde. Doch als er vorbeiging, war das Einzige, das er sagte: „Beeil dich, Anna, dann kannst du gleich mit den Kleinen Verstecken spielen." Sie biss sich auf die Lippen. Tränen stiegen ihr in die Augen. An diesem Abend wollte sie nicht einmal mit den anderen spielen.

Nachdem alle Aufgaben erledigt waren und alle wieder im Haus waren, setzte sich Anna hin, um etwas Popcorn zu knabbern. Der sechsjährige Ben kam zu ihr. „Kannst du bitte ‚Schlange und Leiter' mit mir spielen?" Seine braunen Augen sahen bettelnd zu ihr hoch.

Die Mutter hörte es und sagte: „Natürlich, Anna, spiel doch mit ihm. Es ist erst halb acht. Vor acht musst du nicht ins Bett gehen." Ohne Annas Antwort abzuwarten, hüpfte Ben davon, um das Spiel zu holen.

Anna wusste, dass sie ihm jetzt nicht absagen konnte. Sie schob die Popcornschüssel wieder weg. Der Kloß in ihrem Hals hinderte sie daran, mehr zu essen. Was sie wirklich störte, war, dass man ihr sogar sagte, um welche Zeit sie zu Bett gehen sollte. Niemand sagte Naomi, wann sie ins Bett musste. „Ich muss nicht nur so viele geringe Aufgaben erfüllen, die keinen Spaß machen, sondern mir wird auch noch vorgeschrieben, wann ich ins Bett muss", überschlugen sich ihre bitteren Gedanken förmlich.

Ben stieß sie mit dem Ellenbogen an. „Komm, wir spielen jetzt."

Genau in dem Augenblick klopfte es an der Tür. Mutter erhob sich von dem Schaukelstuhl, mit den Socken, die sie gerade stopfte, in der Hand. „Wer mag in einer solchen stürmischen Nacht unterwegs sein?", fragte sie, während sie zur Tür ging. Dann hörte Anna sie sagen:

„Oh, guten Abend! Kommen Sie herein!“

Anna fragte sich, was der Mann wohl wollen mochte. Sein weiter Obermantel war schneebedeckt. Seine Stimme klang genau so kräftig, wie er aussah.

„Heute abends ist es wirklich nicht angenehm, unterwegs zu sein“, sagte er. „Ich war im Krankenhaus und bin gerade unterwegs nach Hause.“ Er hielt inne und sein Blick wurde traurig.

„Ist jemand krank?“, fragte Vater.

„Ja, meine Frau hat eine Blinddarmentzündung. Es kam so plötzlich. Ich … hm … es ist mir unangenehm zu fragen, aber … könnten Sie vielleicht eines Ihrer Mädchen heute Nacht entbehren? Auf drei kleine Kinder aufzupassen und die ganze übliche Hausarbeit dazu, ist mehr als ich alleine schaffen könnte.“

Anna schaute auf Naomi. Sie würde wohl diejenige sein, die gehen und dieser Familie helfen müsste. Allein der Gedanke daran ließ Anna erzittern. Der Wind draußen heulte so stark. Aber es war nicht nur das. Sie würde jetzt nicht gerne in ein fremdes Haus gehen und dort Mutteraufgaben erfüllen müssen.

Es wurde entschieden, dass Naomi gehen sollte. Anna schlüpfte zum Spülbecken, wo ihre Schwester gerade Kamm und Zahnbürste holte. „Wer ist der Mann?“, fragte Anna. „Bist du schon mal bei ihnen gewesen?“

„Es ist Samuel Miller. Ich war da nur ein paar Mal, ich kenne die Familie nicht so gut. Ich würde jetzt schon lieber zuhause bleiben, aber ich denke, dass es unsere Pflicht ist, anderen zu helfen.“

Anna ließ sich aufs Sofa fallen. „Also würde Naomi heute lieber zuhause bleiben“, dachte sie. Sie konnte ihr deshalb keinen Vorwurf machen. Sie war ganz aufgewühlt, weil sie plötzlich merkte, dass Naomis Leben nicht nur aus wundervollen Beschäftigungen bestand.

Eine halbe Stunde später war Naomi fertig zum Aufbruch. Anna versuchte, den Kloß in ihrem Hals herunterzuschlucken, als sie ihrer Schwester nachsah, wie sie durch die Tür in die schwarze Nacht hinausging. Der Schnee fiel noch immer in dicken schweren Flocken herunter.

Durch ein kleines Guckloch in dem vereisten Fenster schaute Anna nach draußen. In dem Leuchtkreis der Lichter des Einspänners konnte sie sehen, wie Samuel Miller die Decke von dem Pferd nahm, das an dem Pfosten angebunden war. Naomi stieg in den Einspänner.

„Mutter“, sagte Anna, als sie sich vom Fenster umdrehte. „Ich glaube, für mich ist es jetzt Zeit, ins Bett zu gehen.“ Seltsamerweise war sie froh darüber, dass sie immer noch ein Schulmädchen war.

Oben in ihrem Zimmer streckte Anna sich auf ihrem Bett aus. Sie brauchte Zeit zum Nachdenken. Dann richtete sie sich wieder auf, streckte die Hand zu ihrer Kommode aus, nahm ein Streichholz und zündete vorsichtig die Kerosinlampe an. Sie schauderte, als sie den Wind draußen heulen hörte.

„Naomi tut mir so leid“, flüsterte Anna zu sich selbst. „Die Dinge, die sie machen muss … Hm, ich glaube, sie machen nicht immer Spaß.“

Anna verstand nun, dass es keine Leute gab, die es immer nur gut hatten, und auch keine, die nur alles Schlechte bekamen. Als sie ihr eigenes Leben überdachte, erschien es ihr plötzlich gar nicht mehr so schwer. Die Pflichten, die sie zu erfüllen hatte, waren schließlich und endlich gar nicht so schrecklich.

Sie kniete neben ihrem Bett nieder. „Lieber Gott, vergib mir, dass ich mich so verhalten habe und dass ich so gedacht habe. Hilf mir, zu sehen, wie gut ich es habe." Sie stand auf, blies die Lampe aus und sprang in ihr Bett. Dann kuschelte sie sich in ihre warmen Decken und war froh, dass sie Anna war. Das Leben war doch gerecht. Ihre Schwester Naomi hatte wirklich kein besseres Leben als sie selbst. Mutter hatte recht. Glück hing nicht davon ab, was man hatte, sondern von der Einstellung gegenüber den Umständen, in denen man war.

Jerry denkt um

Jerry sprang aus dem Bett und rannte zum offenen Fenster. Die aufgehende Sonne färbte den Himmel leuchtend rot. Es musste einfach ein perfekter Tag werden. Er drehte sich wieder um und kniete wie gewohnt an seinem Bett nieder. Vor lauter Aufregung vergaß er sein übliches Gebet und flüsterte stattdessen: „Lieber Gott, gib bitte meinem Freund Robert und mir heute einen guten Fischfang. Und bitte bewahre uns." Dann rannte er die Treppe hinunter.

„Guten Morgen!", rief er. „Hast du mein Mittag eingepackt, Mama? Robert und ich wollen früh zum Fluss aufbrechen."

„Ja, das Picknick ist fertig", antwortete die Mutter, während sie einen Teller mit Eiern auf den Frühstückstisch stellte. „Hast du deinen Bibelvers auswendig gelernt?"

Jerry stöhnte. „Das habe ich vergessen."

„Oh, das ist aber schade. Dann musst du leider wieder zurück nach oben und ihn jetzt lernen. Du darfst das Auswendiglernen nicht vernachlässigen. Denk daran, wir haben ausgemacht, dass heute abends jeder aufsagt, was er auswendig gelernt hat."

Mama und Papa hatten bestimmt, dass jeder aus der Familie einen Monat lang jede Woche Bibelverse auswendig lernen sollte, jeder seinem Alter entsprechend. Sie hielten das für ein sinnvolles Projekt und fanden es interessanter, es zusammen mit der ganzen Familie zu machen.

Jerry zog missmutig seine Schuhe an. „Ich wollte heute schon früh los. Ich sehe nicht ein, warum ich diese Verse auswendig lernen soll. Es genügt doch, wenn ich einfach den Vers lese, oder?“, er sah zur Mutter auf.

„Du hättest gerne, dass ich eine Ausnahme von der Regel mache“, antwortete Mutter. „Dein Angelausflug ist wichtig, aber sobald wir anfangen Ausnahmen zu machen, verlieren wir die Gewohnheit, beständig unsere Aufgaben zu erfüllen. Außerdem kannst du nicht wissen, wann du diese Bibelverse gebrauchen könntest.“

Jerry brummte: „Ich weiß überhaupt nicht, wann ich sie brauchen sollte.“

„Du wirst deine Bibel nicht immer bei dir haben. Aber wenn du Hilfe brauchst, kann ein auswendig gelernter Bibelvers dir helfen.“ Mutter machte eine Handbewegung und sagte: „Lauf, es wird nicht lange dauern.“

Jerry ging hoch. Er wusste, dass er gehorchen musste.

Kurz darauf war Jerry ausgehfertig. „Wiedersehen!“, rief er der Familie zu, die noch am Frühstückstisch saß.

Als er die Straße entlang hastete, sah er Robert schon an der Kreuzung warten. „Tut mir leid, dass ich spät dran bin“, rief er atemlos. „Ich hab gestern abends vergessen auswendig zu lernen und deshalb sagte meine Mama, dass ich es heute machen muss. Ich verstehe gar nicht, warum das so wichtig sein soll.“

Sie gingen gemeinsam los. „Da ziehen ja schon Wolken auf!“, rief Robert.

Jerry sah zum Himmel. „Man sagt, Fische beißen eher an, wenn es nicht so sonnig ist. Vielleicht können wir so die verlorene Zeit aufholen.“

Als sie den Fluss erreicht hatten, suchte Jerry einen angenehmen Platz unter einem Ahornbaum. Er hockte sich auf einen großen flachen Stein und ließ die Angelschnur ins gekräuselte Wasser fallen. Dann sah er zu Robert, der sich nur wenige Fuß vom Ufer entfernt niedergelassen hatte, und sagte: „Mal sehen, wer den ersten Fisch fängt.“

Sie mussten nicht lange warten. Schon bald holten sie einen Fisch nach dem anderen heraus. Es war tatsächlich ein ausgezeichneter Tag zum Angeln!

„Hey, schau“, rief Jerry und zeigte auf eine dunkle Wolke, „wir kriegen Regen.“ In der Ferne hörten sie Donnergrollen.

„Es kommt nicht bis hierher“, sagte Robert, der gerade einen Barsch von der Angel hob.

Eine Viertelstunde später platschte ein riesiger Regentropfen auf Jerrys Nase. Überrascht schaute er hoch. „Wir sind ja mitten im Sturm! Vor lauter Angeln hab ich gar nicht bemerkt wie schwarz der Himmel geworden ist!“

Blitze zuckten über den Himmel und der Donner krachte. Jerry schwang schnell seine Angel über die Schulter, griff nach seinem Fischeimer und dem Picknickkorb und begann zu rennen. Robert war direkt hinter ihm. Jerry rief: „Komm, wir rennen zu dem leerstehenden Stall.“ Es

war der nächstgelegene Unterschlupfplatz. Jerry zog kräftig an der großen Holztür. Sie drehte sich laut protestierend in ihren rostigen Angeln. Der heftige Wind schlug die Tür beinahe wieder zu, bevor die Jungen drin waren. Es donnerte direkt über ihren Köpfen. „Das ist ein richtiger Sturm!“, rief Jerry.

Roberts Zähne klapperten. „Dieser Stall ist so dunkel. Hoffentlich sind wir hier sicher.“

Ein gruseliges Schaudern lief über Jerrys Rücken. „Es ist nur ein alter verlassener Stall“, sagte er leichthin, um seine eigene Angst zu verbergen. Er ließ sich auf einen modrig riechenden Heuhaufen fallen. Während der Sturm draußen heulte, hatte er keine Lust, den Stall zu untersuchen.

Krach! Es donnerte direkt über ihren Köpfen.

„Der Donnerschlag ist ja ganz nah!“, flüsterte ängstlich Robert.

„Was ist das für ein Geräusch?“, fragte Jerry und hielt den Atem an. „Es klingt, als würde eine Tür hinten im Stall auf und zu gehen. Glaubst du, dass jemand anders hier ist?“ Kaum hatte er es ausgesprochen, da bereute er es schon.

Robert rannte zur Tür. „Ich geh nach Hause!“

„Nein, das tust du nicht! Draußen tobt ein Sturm! Es ist gefährlich rauszugehen“, flüsterte Jerry laut. Mit zitternden Händen hielt er seinen Freund zurück. Da kam das Türgeräusch wieder, diesmal lauter.

Schweigend kauerten die Jungen sich näher aneinander und lehnten sich gegen die Tür. Jerry hauchte ein Stoßgebet um Bewahrung. Plötzlich fiel ihm der Bibelvers ein, den er heute morgens auswendig gelernt hatte.

„Siehe, ich habe dir geboten, dass du getrost und unverzagt seist. Lass dir nicht grauen und entsetze dich nicht; denn der HERR, dein Gott, ist mit dir in allem, was du tun wirst. Das steht in Josua 1, Vers 9." Flüsternd wiederholte er den Vers mehrmals. „Gott ist mit uns", murmelte er. Der Knoten in seinem Magen verflüchtigte sich langsam. Auch Robert sah jetzt entspannter aus.

Schließlich öffnete Jerry die Tür. Er bemühte sich, so wenig wie möglich Geräusche zu machen. Er wusste nicht, wer noch im Stall war. Aber es musste jemand da sein, der das knarrende Geräusch verursacht hatte. „Der Kerl darf nicht merken, dass wir hier sind", dachte Jerry.

„Der Regen hat aufgehört!", rief Robert.

„Nicht so laut", zischte Jerry erschrocken. Sie eilten nach draußen.

„Komm, wir gehen nach Hause", schlugen sie beide gleichzeitig vor.

„Weißt du was?", sagte Robert auf dem Weg nach Hause. „Ich will deinen Vers auch auswendig lernen."

Als Jerry heimkam, zeigte er seiner Mutter stolz seine geangelten Fische. Mit großer Aufregung erzählte er ihr über sein Abenteuer. „Es war so gruselig!", rief er. Dann sah er zu Boden und zögerte einen Moment. „Mein Bibelvers hat uns gut geholfen."

„Ich habe mir so Sorgen gemacht, als der Sturm kam! Ich bin froh, dass ihr in Sicherheit wart", sagte Mutter. „Das Geräusch, das ihr gehört habt, war bestimmt nur ein loses Brett, das in dem starken Wind hin und her schaukelte. Es hat euch aber trotzdem Angst eingejagt und ich bin froh, dass du an deinen Bibelvers gedacht hast."

Ein loses Brett! Auf die Idee war Jerry gar nicht gekommen.

„Weißt du, Mama", sagte er, „es ist eigentlich egal, wovon das Geräusch kam. Ich weiß nur, dass ich meine Meinung geändert habe. Es ist wichtig, Bibelverse auswendig zu lernen."

Ruths Schwester

Die zwölfjährige Ruth Yoder goss warmes Wasser in die Schüssel zum Geschirrspülen. Sie würde sich mit dem Abwasch beeilen müssen, weil sie sich schon bald die Sonntagskleider anziehen und für den Gottesdienst fertigmachen mussten.

„Ich bleibe heute zuhause mit Samuel und Miriam“, sagte Mama. „Sie sind erkältet. Willst du, dass Mary dann auch zuhause bleibt?“

„Ich hab nichts dagegen, dass sie mit mir in den Gottesdienst kommt“, antwortete Ruth. „Die paar Mal, die sie mit mir gesessen hat, hat sie keine Probleme gemacht.“

„Also gut, Mary, komm her, ich kämme dich“, rief die Mutter.

Eine halbe Stunde später rannte Ruth nach oben. Als sie an Mary vorbeikam, strich sie ihr über den Kopf. Mary war kein normales Kind. Sie hatte das Downsyndrom. Aber ungeachtet dessen liebte Ruth ihre Schwester. Mary nahm einen besonderen Platz im Leben der ganzen Familie ein.

Als Ruth wieder nach unten kam, war Mary schon fertig zum Gehen. Sie war immer rechtzeitig fertig. Mary konnte sich selbst anziehen, und obwohl sie in manchen Hinsichten zurückgeblieben war, verstand sie manches. Doch gerade deshalb, weil sie manches, aber lange nicht alles verstand, war das Leben manchmal ein echtes Rätsel für sie. Ruth nahm Marys Hand und zusammen traten sie hinaus. Vater und die anderen Kinder waren schon dabei, sich in den Wagen zu setzen. Es schneite stark. „Wir müssen uns beeilen", rief Ruth.

Als sie bei Ben Bylers Haus angekommen waren, kletterte Ruth aus dem Wagen. Mary folgte ihr direkt auf den Fersen. Die anderen Kinder sollten heute beim Vater sitzen, weil Mutter nicht dabei war. Ruth ging wie gewöhnlich voran, weil sie die Älteste war. Manchmal fragte sie sich, wie es wohl wäre, einen Bruder oder eine Schwester in ihrem Alter zu haben. Mary war zwei Jahre jünger, danach kam der achtjährige Paul, und dann folgten die kleinen Geschwister. Ruth ging durch den Raum zu den anderen Mädchen in ihrem Alter. Sie nahm ihren Mantel ab und hängte ihn an den Hacken. Mary folgte ihrem Beispiel. Es waren schon einige Mädchen da. Weil es noch etwas früh war standen sie da und warteten.

Mary beobachtete die Babys in der gegenüberliegenden Ecke des Raumes. Sie war ganz fasziniert von ihnen und blickte Ruth mit einem lustigen Gesichtsausdruck an. Ruth konnte gut verstehen, dass sie damit ihre Freude ausdrücken wollte. Es war schön, Mary so glücklich zu sehen. Sie verhielt sich ruhig, deshalb ließ Ruth sie gewähren. Plötzlich gab Mary ein Wimmern von sich. Ruth erschrak. Naomi Wagler drehte ihr schnell den Rücken zu, aber Ruth hatte bereits gesehen, was sie gemacht hatte. Naomi hatte Mary ins Bein gekniffen. Mary kämpfte sich durch die Mädchenmenge und klammerte sich mit verstörtem Gesicht an ihre große Schwester. Ruth konnte sich vorstellen, dass der Kniff schmerzte, aber an Marys Gesicht konnte sie ablesen, dass ihre Gefühle noch weit mehr verletzt waren. Ruth wusste nicht, was sie tun sollte. Warum hatte Naomi das getan? Nur weil Mary zurückgeblieben war? Natürlich, Mary benahm sich nicht wie eine gewöhnliche Zehnjährige, aber das sollte man auch nicht von ihr erwarten, denn sie war eben nicht gewöhnlich. Ruth schluckte den Kloß in ihrem Hals herunter. In ihr kochte es. Gerade in dem Augenblick kam eine dunkelhaarige Frau zur Tür und winkte den Mädchen, dass sie nun in den Raum eintreten und sich hinsetzen sollten.

Ruth ging mit den anderen hinein, Mary ganz dicht neben sich, wie ein verängstigtes Hündchen. Ruth drückte ihre Hand. Das war die einzige Möglichkeit, ihrer Schwester zu zeigen, dass sie für sie da war.

Den ganzen Gottesdienst lang kämpfte Ruth mit ihren Gedanken. Sie konnte nicht vergessen, wie Naomi Mary behandelt hatte. Allein der Gedanke, dass jemand so unfreundlich sein konnte, schmerzte sie. In ihrer Familie waren sie gelehrt worden, dass Menschen wie Mary mit besonderer Rücksicht behandelt werden mussten. Sie konnte es einfach nicht verstehen, warum jemand sich so benahm wie Naomi.

Ruth war froh, als es Zeit zum Heimgehen war. Sie wusste nicht, was sie getan hätte, wenn sie noch zum Mittagessen dageblieben wären. Mary wirkte immer noch eingeschüchtert und unglücklich.

Als sie heimkamen, wollte Ruth Mutter alles erzählen, aber die kleinen Kinder nahmen sie sofort in Beschlag. Nach dem Mittag sagte Mutter: „Ruth, du kannst gehen und machen, was du gerne möchtest. Ich wasche das Mittagsgeschirr."

Ruth rannte nach oben. Wenn sie sich in ein Geschichtenbuch vertiefte, konnte sie vielleicht vergessen, was geschehen war. Gerade, als sie es sich auf dem Bett mit einem Buch bequem gemacht hatte, kam Mary auch nach oben. Sie ließ sich auf ihren Lieblingsschaukelstuhl fallen. Hier saß sie oft, schaukelte hin und her und summte dabei eine selbst ausgedachte Melodie. Heute aber summte sie nicht. Ihr Gesicht war traurig. Sie zeigte mit einem verwirrten Blick auf ihr Bein. Aufgrund ihrer Behinderung konnte sie nicht gut sprechen, deshalb versuchte sie mit Bewegungen und Gesichtsausdrücken zu sagen, was sie wollte.

„Ich kann nicht verstehen, wieso jemand so unfreundlich sein kann!", brummte Ruth. Mary war doch nicht schuld, dass sie behindert war! Mit einem bitteren Gefühl öffnete Ruth ihr Geschichtenbuch. Vielleicht würde das Lesen ihr helfen, sich abzulenken. Aber sie konnte sich nicht auf die Geschichte konzentrieren, deshalb rappelte sie sich hoch und ging herüber zu Mary. Sie beugte sich herunter und umarmte sie. Mary verstand zwar auch Worte, aber eine liebevolle Umarmung war doch die Sprache, die sie am Besten verstand. „Popcorn, lecker, lecker", sagte Ruth, um ihrer Schwester die Laune zu heben.

„Nein", sagte Mary fest. Das war eines der wenigen Worte, die sie normal aussprechen konnte.

Ruth beschloss, trotzdem nach unten zu gehen und Popcorn zu machen. Vielleicht würde Mary nach einer Weile Appetit darauf bekommen und auch nach unten kommen.

Ruth holte den großen Kessel und setze ihn auf den schwarzen Küchenherd. Sie zündete das Feuer an und bald war alles fertig.

„Pop, pop, pop, poppity-pop“, hörte man den verheißungsvollen Popcorn-Gesang. Draußen hinter dem Fenster schwebten große weiße Schneeflocken durch die winterliche Luft. Mutter kam mit Samuel auf dem Arm aus dem Schlafzimmer. Er hörte auf zu weinen, als er sah, dass Ruth Popcorn machte. Die Mutter setzte sich in den Schaukelstuhl. Samuel rutschte von ihrem Schoß, steuerte auf die große Schüssel auf dem Tisch zu und bediente sich mit Popcorn.

„Mama, du kannst dir nicht vorstellen, was heute passiert ist!“ Nach einem Räuspern erzählte Ruth alles. „Ich weiß zwar, wie gedankenlos manche Menschen sind, aber so etwas hatte ich nicht erwartet. Warum hat Naomi das getan? Denkt sie, dass sie soviel besser ist? Warum behandelt sie ein behindertes Mädchen so böse?“ Ruth feuerte die Fragen, die in ihr brannten, nur so heraus.

„Ach, deshalb ist Mary heute nicht so fröhlich wie sonst“, antwortete Mutter. „Ich versuchte herauszubekommen, was los ist. Sie zeigte auf ihr Bein, aber ich konnte nichts erkennen. Dann ist sie nach oben gegangen.“

Mutter strich eine lose Haarsträhne aus ihrer Stirn. „Es war nicht lieb von Naomi“, sagte sie. Nach einer kurzen Pause fuhr sie fort: „Ich denke, Naomi versteht wahrscheinlich die Umstände gar nicht. Bestimmt hat sie niemals mit behinderten Menschen zu tun gehabt und hatte deshalb keine Möglichkeit, eine geistig behinderte Person so gut verstehen zu lernen, wie du.“

Ruth nickte: „Vielleicht hätte ich einfach Mary direkt bei mir behalten sollen, aber sie hat sich davongemacht, um näher zu den Müttern mit den kleinen Kindern zu kommen und sich die Babys anzuschauen. Und immer wieder hat sie mir so einen glücklichen Blick zugeworfen", sagte Ruth, schon etwas ruhiger, aber immer noch ungehalten.

Mutter lächelte verstehend und sagte dann nachdenklich: „Weißt du, wir haben uns schon so an Marys Art gewöhnt, dass wir vergessen, wie anders sie tatsächlich ist als andere Kinder. Aber wenn wir das von Naomis Standpunkt aus sehen … Vielleicht hat sie nicht verstanden, dass Mary mit ihrem Gesichtsausdruck ihre Freude über die Babys ausdrücken wollte. Wahrscheinlich sah es für sie so aus, als würde Mary jemandem Grimassen schneiden."

Auf den Gedanken war Ruth noch nicht gekommen. Mutter stand auf und nahm sich eine Handvoll Popcorn. Nach einer Weile sagte sie: „Vielleicht weiß Naomi nicht, dass Mary nicht normal entwickelt ist und nicht für ihr Handeln verantworten kann und dass man sie so annehmen muss, wie sie ist. Wir müssen auch solche Leute, denen ein gewisses Verständnis fehlt, so lieben und respektieren wie alle anderen."

Ruth rührte heftig in dem Popcorn. Annehmen, lieben, respektieren – das hatte sie schon oft gehört. „Warum bringt Naomis Mutter ihr solche Dinge nicht bei?", fragte sie.

„Ich weiß es nicht. Vielleicht weiß ihre Mutter nicht, was Naomi fühlt und tut", sagte Mutter.

Ruth schüttete das frisch geröstete Popcorn in die große Schüssel auf dem Tisch. „Ich gebe zu, dass ich schlecht über

Naomi gedacht habe. Danke, dass du mir geholfen hast, sie besser zu verstehen."

Nun war genug Popcorn da. Ruth setzte sich aufs Sofa. „Können wir nichts tun, um anderen zu helfen, damit sie Behinderte besser verstehen?"

Mutter stand auf und eilte ins Schlafzimmer, weil Miriam einen Hustenanfall hatte. Etwas später kam sie zurück in die Küche. „Sie ist wieder eingeschlafen. Ich habe über deine Frage nachgedacht. Wie würdest du es finden, wenn ich darüber eine Geschichte für unsere Gemeindezeitschrift schreiben würde?"

Ruth klatschte in die Hände. „Das ist eine gute Idee! Eine Geschichte könnte anderen Kindern helfen zu verstehen, dass auch behinderte Kinder Gefühle haben."

Mutter nickte. „Ja, das ist gut. Du musst mir dann demnächst mal helfen zu überlegen, was wir in dieser Geschichte mitteilen wollen."

Da ertönten Marys Schritte auf der Treppe. Ruth öffnete die Tür. „Willst du etwas Popcorn?"

Mary nickte und strich ihrer großen Schwester über den Arm. Ihr sonniges Lächeln war wieder da. Ruth ging es gleich besser, als sie Mary wieder fröhlich sah. Während sie das Popcorn knabberte, dachte Ruth: „Mary kann ihre Geschichte nicht erzählen, aber Mama und ich können das für sie tun."

Der Kiefernbaum

Samuel stand auf dem Heuboden und schleuderte eine Heugabel voller Stroh energisch durch das Loch hinunter zu den Rindern. Er schluckte hart. „Reuben, die Zeit kommt immer näher, dass ich zu Levi Troyers gehen muss. Ich … ich habe Angst“, stieß er hervor.

„Warum hast du Angst?“, fragte sein Bruder Reuben, der nur zwei Jahre älter war als er.

„Nun“, erklärte Samuel, „du und ich, wir machen immer alles zusammen. Außerdem kommen wir aus einer großen Familie, und Levi hat überhaupt keine Kinder. Es wird so anders sein und ich fürchte, ich werde ganz arg Heimweh haben.“

Samuel fühlte sich etwas erleichtert, nachdem er Reuben gesagt hatte, was ihn beunruhigte. Die anderen hatten schon gemerkt, dass er nicht zu Levi gehen wollte, aber bisher hatte er seine Angst vor Heimweh nicht laut ausgesprochen. Er schob wieder eine Ladung Heu zu den Rindern unten im Stall. Seine Gedanken gingen zwei Monate zurück, als Vater ihn gefragt hatte, ob er drei Wochen in der Heusaison bei Levi Troyer helfen könnte. Damals hatte Samuel gerade die Kuh gemelkt und hatte geantwortet: „Papa, das würde mir Spaß machen. Ich gehe gern hin.“ Aber jetzt, als die Zeit näherkam, war er sich gar nicht mehr sicher, ob es wirklich Spaß machen würde.

„Es ist schon bald Frühstück“, sagte Samuel. „Ich geh rein.“

Als er in die Küche trat, machte seine Mutter gerade die Pausenbrote. „Kann ich helfen?“, bot er an.

„Ja, du kannst helfen, ich bin so in Eile heute morgens. Ich bin froh, wenn die Schule zu Ende ist und Fanny wieder da ist, um mir zu helfen“, sagte Mutter. Fanny unterrichtete an der Schule in einem anderen Ort.

„Nur noch zwei Wochen bis Schulende“, sagte Samuel, während er eine dicke Brotscheibe belegte. „Fanny wird nicht früher als eine Woche nach Ferienbeginn kommen, wenn sie mit aller Arbeit fertig ist. Und wenn sie kommt, dann bleiben nur noch zwei Tage, bis ich zu Troyers muss. Ich werde ganz vieles hier verpassen, während ich dort bin. Warum muss ich gehen, Mutter?“

„Wie, Samuel? Du hast dich doch so darauf gefreut“, sagte Mutter. „Ich verstehe, dass dir der Gedanke etwas Angst macht, drei Wochen weg von zuhause zu sein, aber wenn du erst einmal da bist, dann wirst du es genießen. Ich glaube, dass die Zeit bei Levi dich letztendlich stark machen wird.“

Samuel rätselte über Mutters letzten Satz: „Es wird dich letztendlich stark machen.“ Was meinte sie? Eilig schlüpfte er an seinen Platz am Frühstückstisch, zusammen mit Vater, Mutter, Reuben und dem sechzehnjährigen Bruder Mose.

Nach dem Tischgebet schaute Vater auf den Kalender. „Nur noch zwei Wochen und dann seid ihr mit der Schule fertig. Es wird Reubens letzter Schultag sein. Samuel muss dann nur noch zwei Jahre zur Schule gehen." Vater lächelte Mutter zu: „Wo ist deine Familie nur hingewachsen?"

Mose meldete sich zu Wort. „Andy ist heute morgens unterwegs zur Schmiede vorbeigekommen. Er hat gefragt, ob Reuben ihm ein paar Tage lang helfen kann, wenn die Schule aus ist."

„Ja, die verheirateten Kinder sorgen dafür, dass wir keinen Unfug machen", antwortete Vater.

Samuel wünschte sich von ganzem Herzen, dass er statt zu Levi Troyer zu Andy gehen könnte. Sein ältester Bruder Andy hatte schon fünf Kinder. Samuel verbrachte so viel Zeit bei ihm, dass es ihm vorkam wie sein zweites Zuhause. Bei Levi Troyers würde es ganz anders sein. Was, wenn er dort ganz schlimm Heimweh bekommen würde? Das wäre unendlich peinlich.

Vater unterbrach die Stille. „Samuel, Mutter und ich wollen heute einige Sachen erledigen. Ich wollte eine Kiefer für deinen zwölften Geburtstag besorgen und ich will, dass du mir hilfst, sie heute nach dem Abendessen einzupflanzen."

„Au ja!", rief Samuel aufgeregt. „Ich kann es kaum erwarten, bis es Abend wird." Er liebte Bäume genauso sehr, wie sein Vater. „Wo willst du sie pflanzen?"

„Hinten auf dem großen Hügel auf der Wiese. Dort steht nur eine einsame Kiefer", sagte Vater.

Nach dem Frühstück eilten Samuel und Reuben zur Schule. Samuel konnte an nichts anderes denken, als an die Kiefer. „Sonst bekommen wir doch keine Geburtstagsgeschenke. Was denkst du, warum schenkt Vater mir den Baum?"

„Ich weiß nicht“, antwortete Reuben so gleichgültig wie möglich. Sie erreichten das Schulgebäude und Samuel musste an andere Dinge denken. Aber immer wieder fiel ihm am Tag der Kiefernbaum ein. Er freute sich schon auf den Abend alleine mit seinem Vater. Sie waren in der letzten Zeit so beschäftigt mit der ganzen Arbeit gewesen, dass ihm dieses gemeinsame Unternehmen als eine besondere Aufmerksamkeit erschien.

Als sie ihre Pflichten im Haushalt erledigt hatten, sagte Vater: „Samuel, komm, wir gehen jetzt. Du holst den Kiefernbaum aus dem Kühlhaus.“

Der große Augenblick war gekommen. Samuel rannte zum Kühlhaus, das in den Hügel im Hinterhof hineingebaut war. Als er die Tür öffnete, schlug ihm kühle Frische entgegen. Da, auf dem Gang stand der Kiefernbaum! Der Stamm war nicht so dünn, wie Samuel sich ihn vorgestellt hatte. Er hob den Baum auf und trug ihn nach draußen.

Vater und Sohn gingen zusammen über die Wiese. Der Vater schwieg und Samuel spürte, dass er in nachdenklicher Stimmung war. Er versuchte seine Schritte an Vaters Gang anzupassen und trabte schweigend neben ihm her.

Als sie den Fuß des Hügels erreicht hatten, fragte Vater: „Woran erinnert dich der Baum auf dem Hügel?“

Samuel sah auf die große Kiefer, die wie ein Riese dastand. Der Wind heulte durch die Äste. Sie bewegten sich sanft, aber der Baum selber sah groß und stark aus. „Ich weiß nicht, Vater. Was meinst du?“

„Er erinnert mich an einen erwachsenen Mann“, sagte Vater. „Der Baum war ganz klein, als ich ihn pflanzte. Seit-

dem haben viele Stürme an seinen Ästen gezerrt. Aber die Winde haben ihn nicht kaputtgemacht, sondern ihn in einen starken Baum verwandelt", erklärte Vater, während sie den Hügel hinaufstiegen. „Kiefern in den Wäldern bleiben klein und verlieren ihre unteren Äste im Kampf um den Platz", Vater räusperte sich. „Sie bekommen niemals die Schönheit einer einsamen Kiefer, die für sich alleine wächst. Wenn sie alleine stehen, bekommen sie all den Sonnenschein und den Regen ab, den sie brauchen. Und was bekommen sie außerdem?", fragte Vater.

„Wind", antwortete Samuel.

„Ja, viel Wind, viele Stürme. Der Wind zerrt und schüttelt an dem Baum, aber währenddessen wachsen seine Wurzeln tiefer und tiefer. Der Wind verhilft dem Baum dazu, stark und wunderschön zu werden", Vater machte eine ausladende Geste mit seinen Armen. Sie hatten die Spitze des Hügels nun erreicht.

Als Vater begann, ein Loch für den jungen Baum zu graben, fragte er: „Ist es dir vielleicht schade, den Baum hier auf dem Hügel einzupflanzen, wo er so viel Wind und Sturm abbekommen wird?"

„Nicht wirklich", antwortete Samuel. „Ich hoffe er wird stark und schön werden wie der andere." Plötzlich fielen ihm Mutters Worte ein: „Diese Zeit wird dich stark machen." Damit hatte sie seinen Aufenthalt bei Levi Troyer gemeint.

Vater sprach weiter: „Ich weiß, dass du Angst hast, für so lange zu Levi Troyer zu gehen. Das ist verständlich, weil es dort keine Kinder gibt, während du daran gewöhnt bist, alles mit Reuben und den anderen aus der Familie zu machen. Es wird eine Umstellung für dich sein, aber ich denke, du wirst es schaffen und es wird dir gut gehen. Wir wollen, dass es dir zuhause gut geht, aber ein paar kalte Extrawinde werden dir nicht schaden. Denk daran, Gott ist mit uns, wo immer wir sind." Vater klopfte die Erde um den neu gepflanzten Baum fest. Samuel nickte. Er wusste nun, warum ihm der Vater diesen Baum schenkte. Vater fuhr fort: „Im Leben gibt es viele schwierige Situationen, aber wir können wissen, dass diese Erfahrungen für uns wie der Wind für den Baum sind. Sie helfen uns, stark zu werden. Und diese stärkenden Erfahrungen begleiten uns das Leben lang. Wenn wir lernen, Gott zu vertrauen, ist das, wie wenn wir tiefe Wurzeln bekommen, die uns helfen festzustehen, trotz aller Stürme."

„Gut. Ich denke, ich will zu Levi Troyers gehen, auch wenn ich mich dort einsam fühlen werde", sagte Samuel.

Vater sah auf. „Ich bin froh, das zu hören."

Samuel ging mit seinem Vater durch die Felder nach Hause. Er sah zurück auf die einsame hohe Kiefer. Dahinter ging die Sonne mit all ihren leuchtenden Strahlen unter und ließ die Stärke und die Schönheit des Baumes noch deutlicher erscheinen. Wie kostbar war für ihn dieser Abend mit dem Vater! Er würde noch oft an die Kiefer auf dem Hügel denken. Seltsamerweise fühlte er sich schon jetzt innerlich gestärkt.

Barbaras Versuchung

Barbara schloss schnell die Tür hinter sich. Ein eisiger Windstoß kam in die Küche. „Huh, ist das kalt draußen“, sagte sie mit klappernden Zähnen. Sie warf ihr Lesebuch auf einen Stuhl. „Ich rieche Kuchen. Kann ich einen haben, Mama?“, sie schielte zum Sofa hin.

Die Mutter sah mit einem blassen Gesicht von ihrem Ruheplatz auf. In den letzten Monaten hatte sie ziemlich oft hier gelegen. Die Kinder hatten sich schon beinahe an den Gedanken gewöhnt, dass ihre Mutter krank war. Barbara fragte selten, wie ihre Mutter sich fühlte, wenn sie aus der Schule kam.

„Ja, Barbara, du kannst ein Stück Kuchen haben. Wo sind Jacob und Nancy?“, fragte die Mutter mit schwacher Stimme.

Barbara nahm sich ein Kuchenstück und grinste das Dienstmädchen Emma an, das gerade ein neues Kuchenblech aus dem Ofen holte. Barbara zerkaute gerade genüsslich eine Nuss im Kuchen und murmelte etwas davon, dass Jacob und Nancy bald kommen würden. „Sie sind mit den kleineren Kindern gegangen.“

Die Mutter zog die Decke etwas fester um ihre Schultern. „Du zählst dich nicht mehr zu den kleinen Kindern“, lächelte sie. „Stimmt, vielleicht bist du das auch nicht mehr. Du bist schon zwölf. Deshalb hätte ich gerne, dass du jetzt schnell in deine Alltagskleider schlüpfst und Emma beim Kartoffelschälen hilfst. Sie hat so viel zu tun, wenn ich ihr nicht helfen kann."

Barbara seufzte. Wie sehr wünschte sie sich, dass es Mutter wieder besser ging. Dann würde sie selber nicht mehr so viel machen müssen und hätte mehr Zeit zum Lesen. Barbara las für ihr Leben gern. Jede freie Minute, die sie hatte, verkroch sie sich mit einem Buch.

Die Stufen knarrten, als Barbara die Treppe hochging. Ihr Haus war nicht sehr neu, aber das störte Barbara nicht. Es war ihr Zuhause und es war ein glückliches Zuhause gewesen, bis Mutter krank geworden war. Sie ging zum Fenster und sah hinunter auf die Straße. Unweit sah sie das kleine rote Schulhaus inmitten der grünen Kiefern. „Oh, da geht Malinda, die Putzfrau", dachte Barbara. „Sie geht, um in der Schule zu putzen. Ich wünschte, ich könnte ihr helfen. Ich frage Mama, ob ich darf."

Barbara rannte nach unten. „Mama, darf ich Malinda helfen, das Schulhaus zu putzen? Sie macht es immer alleine und würde sich bestimmt über Hilfe freuen. Wir wohnen ja so in der Nähe, deshalb passt es gut, wenn ich gehe. Bitte, Mama, darf ich?"

Mutter sah nachdenklich drein. Sie war froh, dass Barbara anderen helfen wollte. In der letzten Zeit hatte sie wirklich mehr tun müssen, als sonst ihre Aufgabe war. Diese Beschäftigung im Schulhaus würde etwas Sinnvolles sein und außerdem wäre es eine Abwechslung für sie. Laut sagte sie: „Emma, meinst du, du könntest es heute ohne Barbara schaffen?"

Emma sah sich in der Küche um. Die Spielsachen waren verstreut liegen geblieben, wo Benny und David gespielt hatten. In der Spüle stapelte sich das dreckige Geschirr, weil Emma gebacken hatte und noch keine Zeit für den Abwasch gehabt hatte. Die Kartoffeln mussten geschält werden und das Abendessen war auch noch nicht gemacht. Emma zuckte mit den Schultern. „Nancy kann mir helfen, wenn Sie denken, dass Barbara lieber die Schule putzen sollte."

Barbara zitterte vor Aufregung, als sie die Straße entlang zur Schule marschierte. Es kam ihr gar nicht mehr so kalt vor. Das würde Spaß machen, Malinda zu helfen! Sie dachte an all die neuen Bücher in der Bibliothek, die sie noch nicht gelesen hatte, aber sie schob den Gedanken weg. Sie wollte beim Putzen helfen, nicht lesen.

„Hallo, Malinda!", rief Barbara freundlich, als sie in das Klassenzimmer stürzte. „Weißt du was! Mama hat mir erlaubt, dir beim Putzen zu helfen."

Malinda sah überrascht auf. Sie putzte gerade die Tafel. „Oh, das ist nett! Aber deine Mutter hätte deine Hilfe bestimmt zuhause auch gebraucht."

„Emma ist da und Nancy kann auch helfen." Barbara hängte ihren Mantel an den Kleiderhacken.

Malinda zeigte auf den Besen und sagte: „Du kannst den Boden kehren."

Barbara arbeitete schnell und war bald fertig mit dem Kehren. Dann sagte Malinda: „Ich hab dir ein bisschen zum Staubwischen übriggelassen." Barbara wandte sich sofort zu den Bibliotheksregalen. Die Bücher waren zu verführerisch. Sie zog eines heraus, schaute, ob Malinda sie beobachtete, und schlüpfte dann in die Halle im Erdgeschoss. Sie zog die Tür sachte hinter sich zu, setzte sich hin und begann zu lesen. Ihr Herz klopfte wild und ihr Gewissen flüsterte: „Du weißt, dass das nicht gut ist." Aber Barbara schob diese Gedanken beiseite. Sie sagte sich, dass sie für diesen einen Abend genug gearbeitet hatte und außerdem wusste Mutter nichts davon, deshalb machte es nichts.

***

In den folgenden Tagen und Wochen fragte Barbara ihre Mutter öfters, ob sie gehen durfte, das Schulhaus zu putzen. Meistens hatte die Mutter andere Arbeit für sie, aber hin und wieder erlaubte sie ihr zu gehen, denn es war eine nützliche Sache und bot Barbara eine Abwechslung.

Jedes Mal, wenn Barbara eigentlich putzen sollte, verbrachte sie einen Teil der Zeit lesend im Erdgeschoss. Zuerst beunruhigte ihr Gewissen sie dabei, aber mit der Zeit fiel es ihr immer leichter, das Gewissen zu beschwichtigen. Sie merkte es selbst nicht, aber jeden Abend wurde die Zeit, in der sie arbeitete, etwas kürzer und die Zeit, in der sie las, etwas länger.

In dieser Zeit veränderte Barbara sich. Die Mutter bemerkte das. „Barbara, stimmt irgendwas nicht?", fragte sie eines Abends. „Du hast mir früher so gut mit den Kleinen geholfen und jetzt machst du nur allerhöchstens das, was du tun musst. Jede kleinste Sache regt dich auf. Hast du genug Schlaf?"

Barbara sah zu Boden. Dann hob sie Baby Benny auf und begann mit ihm zu spielen. Wenn Mutter wüsste, was für ein schlechtes Mädchen sie war! Aber sie konnte sich nicht dazu überwinden, es ihr zu sagen. Mutter vertraute ihr und dachte, sie würde in der Schule beim Putzen helfen. Gut, sie half wirklich etwas, aber nicht so viel, wie ihre Mutter dachte.

Eine Woche später ging Barbara wieder zum Schulhaus, um dort zu helfen. Aber obwohl sie sich vorgenommen hatte, an diesem Abend überhaupt nicht zu lesen, konnte sie der Versuchung nicht widerstehen. Hastig erledigte sie einige Arbeiten und flüchtete sich dann wieder ins Erdgeschoss. Dann beschloss sie: „Nein, heute werde ich in der Halle lesen. Ich werde so tun, als würde ich dort putzen." Sie nahm einen Besen und ging in die Halle. Dort kehrte sie ein wenig, lehnte sich dann auf den Besen und war bald wieder in ihr Buch vertieft. Das Nächste, das sie wahrnahm, war Malinda, die in der Tür stand und sie beobachtete. Barbara schloss schnell das Buch und versteckte es hinter dem Rücken, obwohl sie sich sehr dumm dabei fühlte. Malinda hatte sie sowieso schon gesehen.

„Das machst du also, wenn du aus dem Klassenzimmer gehst", sagte Malinda mit einer unnatürlich klingenden Stimme. Sie sprach nie viel und machte auch diesmal nicht viele Worte. Sie sagte nur: „Deine Mutter erwartet von dir, dass du hilfst, wenn sie dich herkommen lässt, und du hast sie die ganze Zeit getäuscht. Du solltest jetzt besser nach Hause gehen und das mit ihr klären."

Barbara starrte Malinda ungläubig an. Sie schickte sie jetzt schon nach Hause, obwohl sie noch nicht fertig mit dem Putzen waren? Barbara schluckte die Tränen herunter, legte den Besen hin und begann ihre Jacke anzuziehen.

Langsam ging Barbara durch den Schnee nach Hause. Sie kam spät genug, sodass keiner sie deshalb etwas fragte. Den ganzen Abend lang war sie besonders ruhig. Sie dachte darüber nach, wie sie ihrer Mutter erklären konnte, was sie getan hatte. Aber Mutter sah so blass und krank aus. Wie konnte sie ihr so etwas sagen? Barbara beschloss, heute früher ins Bett zu gehen.

„Bist du krank, Barbara?“, fragte Mutter, als sie sah, dass Barbara nach oben gehen wollte.

„Nein, nur müde“, antwortete Barbara. Oben in ihrem Zimmer ließ sie sich mit dem Gesicht nach unten auf ihr Bett fallen. Sie weinte lange. Würde sie jemals wieder froh werden? Barbara wollte ihrer Mutter nicht sagen, was sie getan hatte, aber sie wusste, dass sie es sagen musste. Sie würde ihres Lebens nicht mehr froh sein, wenn sie das nicht tat.

Schließlich kniete Barbara an ihrem Bett nieder und betete: „Oh Gott, vergib mir. Und hilf mir, es Mutter zu sagen.“ Sie wiederholte diese Worte immer wieder. Als sie wieder in ihr Bett kletterte, fühlte sie sich besser. Sie wusste, sie würde es morgen der Mutter sagen.

Der nächste Tag war ein Samstag. Den ganzen Tag arbeitete Barbara hart. Am Abend gingen Emma und Nancy in den Stall, um dort bei den Stallarbeiten zu helfen. Das war ihre Gelegenheit. Ihr Herz klopfte schneller und sie gab den Gedanken beinahe wieder auf, aber als sie an ihre Tränen und das Gebet von gestern abends dachte, blieb sie fest bei ihrem Vorhaben. Sie wollte es tun, egal wie die Strafe dafür ausfallen würde.

Barbara ging zur Mutter und begann langsam zu reden, aber je länger sie sprach, desto schneller kamen die Worte aus ihrem Mund. Als sie mit dem Erzählen fertig war, schluchzte sie bereits heftig. „Es … es tut mir so leid“, weinte sie, „so leid!“

Die Stille, die nun folgte, war fast unerträglich für Barbara. Als Mutter schließlich sprach, klang ihre Stimme traurig, aber lieb. „Ja, es tut mir auch leid“, sagte sie, „es tut mir leid, dass das passiert ist, aber ich bin froh, dass du es mir gesagt hast und dass du die Sache in Ordnung bringen willst. Ich bin sicher, das kann wieder in Ordnung kommen und für uns alle wieder gut werden.“

Weil Mutter so freundlich war, flossen Barbaras Tränen noch stärker. Aber schließlich war sie bereit, sich die Tränen abzuwischen. Mutter sprach davon, dass man auf sein Gewissen hören soll, weil es eine innere Stimme von Gott ist. Sie erklärte auch, dass sie und Vater entscheiden würden, welche Strafe Barbara bekommen würde, damit sie ihr half, sich die Sache gut zu merken und so etwas nicht wieder zu tun. Sie wollten ihr helfen, zu einem Mädchen zu werden, dem man vertrauen konnte.

Barbara sah aus dem Küchenfenster. Es war noch nicht ganz dunkel und man sah die weißen, weichen Schneeflocken fallen. Die saubere weiße Schneedecke erinnerte Barbara an das saubere Gewissen. Sie spulte die vergangenen Wochen in ihrem Gedächtnis ab. Mit einem befleckten Gewissen zu leben war schwer. Es hatte sie unglücklich gemacht und deshalb war sie gereizt und ungeduldig mit den Kleinen gewesen. Wie viele Sorgen hatte sie sich selber bereitet! Erst jetzt merkte Barbara, dass diese Schuldgefühle jetzt weg waren und sie sich viel besser fühlte. Warum sollte sie nun nicht mehr glücklich werden, wenn sie doch jetzt ein reines Gewissen und die Möglichkeit zu einem Neuanfang hatte?

Der vereiste Fluss

Rebekka schüttelte energisch eine Matte aus. „Noch eins, zwei, drei", zählte sie. Es war Samstag und Mutter hatte sie gebeten, die Matten auszustauben. Rebekka holte tief Atem. Die Morgenluft war so frisch. Es würde noch ein Kälteeinbruch kommen, bevor der Frühling wirklich kam.

Rebekkas Blick schweifte über die Felder und blieb an dem Fluss hängen. Sein Wasser war immer noch unter einer dicken Eisdecke gefangen. Im Winter konnten sie einfach über den Fluss laufen, wenn sie zu Tante Marthas Haus wollten. Das war viel kürzer. Aber jetzt, wo der Frühling schon nahe war, mussten sie den Umweg über die Straße nehmen, weil das Eis brechen konnte. „Hoffentlich dürfen wir heute zu Tante Martha", dachte Rebekka. Sie hob die Matten auf und eilte ins Haus.

„Mama, dürfen wir heute nachmittags zu Tante Martha gehen?"

„Vielleicht, wenn wir vormittags mit dem Putzen fertig werden." Mutter schrubbte den Ofen, bis seine schwarze Oberfläche glänzte. „Füll jetzt bitte die Holzkiste auf. Jerry, du kannst ihr helfen", wandte sie sich an Rebekkas Bruder, der gerade damit beschäftigt war, ein Flugzeug aus Bauklötzen zu bauen.

„Du bist elf und schon zu alt für Bauklötze“, zog Rebekka ihn auf.

„Zu alt“, rief Jerry. „Du weißt nicht, wie kompliziert es ist, so ein Flugzeug zu bauen.“ Er jagte seiner zehnjährigen Schwester zum Holzschuppen nach.

Rebekka lachte. „Reg dich doch nicht so auf“, sagte sie. „Hast du gehört, dass Mama gesagt hat, wir dürfen nachmittags zu Tante Martha gehen, wenn wir vormittags mit der Arbeit fertig werden?“, fragte sie, um das Thema zu wechseln.

Jerry blieb stehen. „Das ist ja super! Dann können wir bei Onkel Matthew vorbeigehen und fragen, ob Peter auch mitkommen will.“ Peter war ihr zehnjähriger Cousin, der auf der gegenüberliegenden Straßenseite wohnte.

„Au ja, das machen wir!“, antwortete Rebekka. „Was Tante Martha heute wohl für uns haben wird?“ Tante Martha war eine alleinstehende Frau von beinahe vierzig Jahren. Bei ihr ging es den Kindern immer gut. Sie hatte immer irgendwelche Aufgaben für sie, aber die Arbeit bei Tante Martha war ganz anders als die Arbeit zuhause. Sie hatte so eine lebendige Vorstellungskraft und brachte so viel Spaß in die Arbeit, dass sie den Kindern mehr wie ein Spiel vorkam.

Rebekka und Jerry hatten die Holzkiste schnell aufgefüllt. „Was sollen wir jetzt machen?“, fragte Rebekka. Sie wollte so schnell wie möglich alles erledigen, damit sie so früh wie möglich losgehen konnten.

„Du kannst das Spülbecken putzen“, sagte Mutter. Rebekka schnappte sich rasch das Putzmittel unter der Spüle. „Ist das dann meine letzte Aufgabe?“

„Ja, du hast gut gearbeitet heute. Ich werde bald das Mittagessen fertig haben“, antwortete Mutter.

Als das Geschirr vom Mittagessen gewaschen war, holten Rebekka und Jerry ihre Jacken. „Aber geht nicht über den Fluss“, warnte Mutter.

„Wiedersehen, bis um fünf!“, rief Rebekka über die Schulter der Mutter zu, als sie hinauseilten. Sie rannten zu Onkel Matthews Haus. Peter war bald fertig und sie machten sich gemeinsam auf den Weg.

Der Schnee unter ihren Füßen fühlte sich matschig an. „Nehmen wir die Abkürzung über den Fluss?“, fragte Jerry.

Peter war sofort dafür: „Das würde uns wirklich Zeit sparen.“

„Weißt du nicht mehr, dass Mutter uns davor gewarnt hat?“, fragte Rebekka. „Wir sind diesen Weg in der letzten Zeit schon nicht mehr gegangen.“

„Mutter hat bestimmt vergessen, dass es wieder kälter geworden ist“, sagte Jerry. „Das Eis ist jetzt fest.“

„Ich bin mir da nicht so sicher“, protestierte Rebekka. „Ich will das Risiko nicht eingehen.“

Peter spottete: „Du bist noch ein richtiges Küken, Rebekka, wenn du denkst, dass wir heute nicht über den Fluss gehen können. Keine Sorge, das Eis wird nicht brechen.“

Rebekka fühlte, wie das Blut ihr vor Ärger in die Wangen stieg. Aller Vernunft zum Trotz wollte sie jetzt auch den Fluss überqueren, um Peter und Jerry zu zeigen, dass sie kein Küken war. Das Eis war bestimmt fest. Der Weg war so viel kürzer und das Eis sah so gut aus. Sie kamen immer näher zu dem offenen Tor, von dem aus der Weg über den Fluss führte. Wenn sie die Straße durchs Dorf nahmen, würden sie wirklich bedeutend länger brauchen. „Aber was, wenn das Eis bricht?“, dachte Rebekka. Vielleicht sollten sie doch lieber auf Nummer sicher gehen, statt das Risiko einzugehen.

Als sie das Tor erreicht hatten, sagte Rebekka: „Ich denke nicht, dass wir das Risiko eingehen sollten. Lasst uns doch auf der Straße gehen.“

„Du bist eben ein Küken“, hänselte Peter sie.

Jerry stimmte mit ein und sagte: „Also, wir beide gehen über den Fluss. Du kannst ja die Straße nehmen. Aber wenn du dann eine Stunde später kommst, dann ist es dein Pech, wenn wir dich auslachen.“

Rebekka schluckte einen Kloß in ihrem Hals herunter. „Es dauert nicht eine Stunde länger“, sagte sie.

Sie mochte Peter eigentlich sehr und es tat ihr richtig weh, ihm einen Grund zu geben, sie auszulachen. Beinahe entschied sie sich dafür, mit den Jungen zu gehen. Aber tief innen sagte ihr eine Stimme, dass es besser war, der Mutter zu gehorchen. Ohne ein Wort zu sagen, trottete sie auf der Straße weiter. Die Jungen bogen auf den Flussweg ab und riefen: „Wir werden schon mal viel Spaß haben bei Tante Martha, während du den Umweg gehst!“

„Vielleicht ist es auch dumm von mir“, dachte Rebekka, aber sie schaute nur noch stur geradeaus. Bald hatte sie die Allee erreicht, dann würden die Jungen sie nicht mehr richtig sehen können und sie würde losrennen. Die Jungen müssten inzwischen den Fluss erreicht haben.

Da hörte sie plötzlich einen lauten Schrei, der ihr das Blut in den Adern gefrieren ließ. Das Eis … das Eis musste gebrochen sein! So schnell sie konnte lief Rebekka zurück und stürzte einfach über das Schneefeld herunter zum Fluss.

Peter hielt sich an einer Eisscholle fest und strampelte mit dem Körper im Wasser. Jerry zog verzweifelt an seinem Mantelkragen.

„Geh runter vom Eis, Jerry!“, schrie Rebekka atemlos.

Jerry befolgte ihren Rat. In einem Nu lag Rebekka auf ihrem Bauch und streckte einen Arm aus. „Halt dich an meiner Hand fest, Peter.“

Peter griff nach ihrer Hand. Dann hielt Jerry Rebekka fest, während sie Peter zog und zerrte. Schließlich fand er mit seinen Füßen Halt an einem Stück Eis, von dem er sich wegstoßen konnte.

Bis auf die Knochen durchnässt taumelte Peter an den Strand. Keuchend fragte er Rebekka: „Ist bei dir alles in Ordnung?“

„Ja“, japste Rebekka und schnappte nach Luft. „Meine Arme tun nur weh. Ich hätte dich nicht mehr lange halten können.“

„Du bist doch kein Küken“, sagte Peter kleinlaut, „du bist klüger als wir.“ Er rappelte sich auf und starrte auf das dunkle Wasser, das in dem Loch brodelte, in dem er wenige Minuten zuvor gezappelt hatte. Dann sagte er trocken: „Ich bin durchnässt und durchgefroren. Lasst uns wieder heimgehen.“

Rebekkas Beine fühlten sich zittrig an, als sie den Jungen quer über das Feld folgte. Zu schade, dass sie nun nicht zu Tante Martha konnten, aber sie wollte sich nicht darüber beklagen. Sie war so dankbar, dass sie alle in Sicherheit waren. Eine Gänsehaut lief ihr über den Rücken, als sie daran dachte, wie schrecklich es gewesen wäre, wenn jemand von ihnen ertrunken wäre.

Als sie vor Peters Haus standen, drehte er sich um und sah Rebekka ins Gesicht. „Du bist die Mutigste von uns. Danke für alles."

„Ich bin so dankbar, dass wir alle in Sicherheit sind", erwiderte Rebekka.

„Ich auch", antwortete Peter und warf Rebekka noch einen dankbaren Blick zu, der mehr sagte, als viele Worte. Dann rannte er nach Hause.

„Ich bin auch dankbar", sagte Jerry nachdenklich, als sie in ihre Straße einbogen, „aber ich will gar nicht daran denken, was Mutter und Vater sagen werden, wenn wir nach Hause kommen."

Rebekka sah ihn verständnisvoll an, sagte aber fest: „Wir bekommen nicht mehr, als wir verdienen und alles ist besser, als wenn ..." Ihre Stimme versagte. Die Möglichkeit, an die sie dachte, war zu schrecklich, um sie auszusprechen.

„Du hast recht", stimmte Jerry zu.

Als sie in die Küche kamen, sah Mutter überrascht vom Backen auf. „Warum seid ihr schon zurück?"

Rebekka ließ sich aufs Sofa fallen und Jerry erzählte die Geschichte.

„Aber warum seid ihr über den Fluss gegangen?“, fragte Mutter ungehalten.

„Ich dachte, du hast vergessen, dass es wieder kalt geworden ist.“ Jerry trat mit dem Fuß nach der Matte auf dem Boden. „Es tut mir leid“, stammelte er.

„Vater und ich müssen über die Sache reden. Ihr müsst lernen zu gehorchen, auch wenn es euch nicht ganz sinnvoll erscheint“, sagte sie mit besorgter Stimme. „Aber in diesem Fall denke ich, dass die Angst, die ihr ausgestanden habt, Strafe genug war.“

Rebekka ging nach oben, um wieder ihre Alltagskleidung anzuziehen. Wie froh war sie, dass sie gehorcht hatte! Ihre Knie zitterten immer noch von dem erlittenen Schrecken. Sie schauderte bei dem Gedanken daran, dass sie beinahe den Jungen gefolgt war. Sie war nun überzeugt, dass es immer besser ist, auf Nummer sicher zu gehen, als es später zu bereuen.

Ellens Lektion

Ellen schaute angewidert auf das Mathebuch, das vor ihr auf dem Tisch lag. Es war ein warmer Juniabend und im Wohnzimmer war es stickig und heiß. Das Schuljahr war beinahe zu Ende und in den Ferien würde es keine Hausaufgaben mehr geben. Sehnsüchtig wanderte ihr Blick durch die Fensterscheibe hinaus in den Garten, wo sie die Mutter bei der Arbeit sah. Wie viel angenehmer wäre es jetzt, in der weichen Erde zu arbeiten!

Aber Ellen wusste, dass all ihr Wünschen nichts helfen konnte. Sie musste sich wieder ihren Problemen widmen. „Wann werde ich jemals Brüche brauchen?", fragte sie sich. Ein bitteres Gefühl beschlich ihr Herz, wenn sie an ihre Klassenkameradinnen Ruth und Mabel dachte, denen die Hausaufgaben immer so leicht fielen. Sie brauchten sich überhaupt keine besondere Mühe deswegen zu machen.

Ellen arbeitete sich schwitzend durch ihre Matheaufgaben. Die Blicke, die sie hin und wieder auf die Uhr warf, erhöhten nur ihre Nervosität.

Vater saß auf dem Sofa und las, deshalb wagte sie es nicht, ihren Stift hinzulegen und die Hausaufgaben ungemacht zu lassen. Er würde sie dann sicher fragen, ob sie fertig mit den Aufgaben war. Trotzdem ertappte sie sich bald wieder dabei, wie sie gedankenverloren ins Leere starrte.

Vater bemerkte den bekümmerten Ausdruck auf dem Gesicht seiner Tochter und fragte mitfühlend: „Ellen, woran denkst du?“

Ellen schreckte auf. Sie war zu verzweifelt, um ihre Gefühle zu verbergen und platzte heraus: „Warum, o warum sind die Hausaufgaben immer so schwer für mich? Meine Freundinnen müssen sich nicht halb so viel anstrengen und bekommen trotzdem bessere Noten. Das ist nicht fair, das ist einfach ungerecht! Warum, Vater, warum bin ich nicht so begabt?“

Vater legte seine Zeitschrift beiseite und überlegte ein Weilchen, bevor er antwortete. „Ja, manchmal erscheint uns das Leben ungerecht, aber wir dürfen keine Bitterkeit in unser Herz lassen. Bist du letztens mal im Wald spazieren gegangen?“ – „Nein, aber was hat das mit meinen Matheproblemen zu tun?“, fragte Ellen.

Langsam fuhr Vater fort. „Ich denke, es würde dir gut tun, wenn du ab und zu ein abgeschiedenes Plätzchen im Wald aufsuchst, dich einfach hinsetzt und dem Gesang der Vögel zuhörst. Wäre es nicht sehr still im Wald, wenn nur solche Vögel singen würden, die am Besten singen? Manche Vögel singen laut und klar, aber es würde sehr still und leer im Wald sein, wenn wir nicht auch die kleinen Sänger hätten, die mit ihren schwachen Stimmen zum gesamten Chor beitragen. Gott hat sie alle geschaffen und jedem den Platz gegeben, den er ausfüllen soll. Wenn sie alle zusammen singen, klingt es wunderschön. Denk daran, Ellen, Gott schuf uns Menschen mit verschiedenen Gaben, aber jeder von uns wird gebraucht. Er will, dass wir das Beste aus dem machen, was Er uns gegeben hat. Vielleicht fallen deinen Freunden dafür andere Sachen nicht so leicht. Es spielt keine Rolle, wer besser ist, weil vor Gott kein Ansehen der Person gilt. Er braucht uns alle."

Ellen nickte zustimmend. Ihre aufgestaute Bitterkeit war verflogen.

Als sie an jenem Abend zu Bett ging, nahm Ellen sich Zeit, um den Rotkehlchen zu lauschen, die ihr Gutenachtlied im Chor sangen. Sie hatte ihre Ellenbogen auf die Fensterbank gestützt und eine leichte Windbrise zauste an ihrem Haar. Plötzlich spitzte sie die Ohren. In der Ferne hörte man das sanfte, süße Zwitschern eines Spatzen. Sie konnte es kaum hören, aber es war da. Ellen war bewegt von dem Gedanken, wie leer die Welt doch wäre ohne diese kleinen Sänger, die ebenso wichtig waren, wie das Rotkehlchen. Ihr Herz war jetzt schon viel leichter und sie rief sich Vaters Worte wieder ins Gedächtnis. Es gibt verschiedene Menschen, genau so wie verschiedene Vögel, und jeder hat seinen Platz, den er ausfüllt.

Peters Versprechen

Peter rannte die Treppe hoch und nahm immer gleich zwei Stufen auf einmal. Atemlos stürzte er in die Küche und rief: „Mutter, ich kann die Kreissäge bei Yoders hören. Darf ich rübergehen?“

Mutter sah von ihrer Teigschüssel hoch und fragte: „Hast du vergessen, dass du mir heute nachmittags im Garten helfen solltest?“

„Hm, nein … Aber es macht immer so viel Spaß, den Yoder-Jungs beim Holzsägen zu helfen“, erklärte Peter.

Die Mutter warf einen Blick auf die Uhr und sagte: „Nun gut, du darfst gehen, wenn du um vier Uhr wieder da bist. Dann kannst du mir immer noch beim Unkrautjäten helfen.“

Peter trödelte nicht, sondern rannte los und rief der Mutter über die Schulter zu: „Ich bin um vier wieder da!“

Während er durch die Felder eilte, freute er sich schon auf den Spaß, den er mit James und Robert haben würde. James war zehn Jahre alt, genau so wie er, und Robert war zwei Jahre älter. Heute war es zuhause besonders langweilig gewesen, vor allem weil Vater den ganzen Tag weg war.

In der Ferne konnte Peter den fröhlichen Gesang der Kreissäge hören, während die Männer das Holz an ihre scharfen Kanten steckten. Wohl zum hundertsten Mal wünschte er sich, dass seine Beine länger wären, damit er schneller rennen könnte. Doch das war nicht der einzige Grund, warum er gerne größer wäre. Weil er so klein geraten war, wurde er immer für jünger gehalten, als er in Wirklichkeit war. Seine Kameraden zogen ihn immer wieder mit seinem kleinen Wuchs auf.

Als Peter Davids Hof erreicht hatte, ging er wieder etwas langsamer, um wieder Atem holen zu können. Vor dem Haus sah er zwei kleine Mädchen und einen kleinen Jungen spielen und überlegte, wie es wohl wäre, viele Geschwister zu haben. Das wäre sicher lustig! Wie sehr wünschte er sich wenigstens einen Bruder oder eine Schwester! Er war ein Einzelkind. Aber seine Eltern hatten ihm beigebracht, dass der beste Weg glücklich zu werden war, das Beste aus allem zu machen. Solche Nachbarn wie die Yoders waren beinahe so gut, wie eigene Brüder und Schwestern.

Peter lugte durch die halb geöffnete Tür des Holzschuppens und rief: „Hallo!“ James und Robert sprangen beide gleichzeitig herbei.

„Oh Peter, wir haben dich gar nicht kommen hören!“, rief James und vergaß einen Moment von der Säge und dem Holz.

„Wir haben uns so gewünscht, dass du kommst und uns bei dieser langweiligen Arbeit hilfst“, fügte Robert hinzu, „aber Vater hat gesagt, wir würden nur Zeit verlieren, wenn wir dich holen gehen würden, und dass du bestimmt auch irgendwelche Arbeiten zu erledigen hast.“

„Ich muss auch noch was machen, und ich hab versprochen, dass ich um vier Uhr daheim bin und Mutter im Garten helfe. Deshalb durfte ich gehen.“

Peter stellte sich in die Reihe der Sägenden. Bald arbeiteten sie um die Wette und schauten, wer schneller war. Peter sah, dass er genau so schnell wie die anderen arbeiten konnte, aber er konnte das Holz nicht so hoch stapeln wie sie, weil er zu klein war. Er verspürte einen Kloß im Hals. Er mochte es nicht, wenn er etwas nicht tun konnte, was andere konnten. „Warum muss ausgerechnet ich so klein sein?“, fragte er sich im Stillen.

Robert kicherte. „Ach, Klein-Peter, lass mich dir helfen. Du bist zu kurz“, neckte er ihn. „Du kannst dort anfangen, das Holz aufzustapeln“, sagte er und zeigte mit dem Finger in eine Richtung. Aber Peter hatte ihm bereits den Rücken zugekehrt. Sein Gesicht glühte. Ab jetzt arbeitete Peter noch schneller als vorher. Er wollte Robert zeigen, dass er hart arbeiten und vielleicht sogar mehr schaffen konnte, als Robert selbst. Peter fragte sich, ob Robert wirklich nicht wusste, wie beleidigend es für ihn war, „Klein-Peter“ genannt zu werden. Robert hatte lange Arme und Beine und konnte sich bestimmt nicht vorstellen, wie ein kleingewachsener Junge sich fühlte. Peter versuchte Roberts Bemerkung zu vergessen und an der lebhaften Unterhaltung der Jungen teilzunehmen, die darüber sprachen, was sie noch in diesem Sommer machen wollten. Es waren nur noch zwei Wochen bis zum Schulanfang geblieben.

Plötzlich kam Martha zur Tür herein. „Mutter sagt, weil ihr so hart arbeitet, bringt sie um halb fünf jedem eine Portion Eis und Kuchen“, rief sie mit strahlendem Gesicht und lief leichtfüßig davon, um mit ihren kleinen Geschwistern zu spielen. Peter starrte ihr bestürzt nach, aber niemand schien das zu bemerken, deshalb machte er einfach weiter mit dem Holzstapeln. Warum musste er nur schon um vier Uhr daheim sein! Auch wenn er klein gewachsen war, würde er ganz sicher nicht wie ein Baby fragen, ob er sein Eis schon früher haben konnte. Doch vielleicht würde einer der Jungen daran denken.

Peter versuchte, weiterhin mit den anderen zu lachen und zu reden. Ihnen fielen immer neue Geschichten ein. Aber heute fiel es Peter schwer, an lustige Geschichten zu denken, weil er immer wieder an die versprochenen Leckereien denken musste. Zwischendurch rannten die Jungen immer wieder hinaus und ließen sich auf die grüne Wiese fallen, während die Männer die nächste Ladung Holz in den Schuppen brachten. Die Holzstücke flogen durcheinander auf den Boden. Sobald ein leerer Wagen wieder wegrumpelte, machten sich die drei Jungen wieder an ihre Arbeit.

Peter fühlte sich hin und her gerissen. Einmal dachte er, dass Mutter ihm bestimmt nicht gesagt hätte, dass er schon so früh nach Hause kommen musste, wenn sie gewusst hätte, wie hart er arbeiten und welche Leckereien er verpassen würde. Sein Magen beschwerte sich lautstark. Holzstapeln war keine leichte Arbeit und er hatte sich den Imbiss genauso verdient, wie alle anderen. Aber dennoch konnte er nicht vergessen, dass seine Mutter ihn zuhause erwartete. Sie würde sich fragen, was wohl passiert sei und was noch schlimmer war: Sie würde enttäuscht sein, weil sie ihm nicht vertrauen konnte.

Er zog die Uhr aus seiner Hosentasche. Es war Viertel vor vier. Wenn er rechtzeitig zuhause sein wollte, dann musste er sofort gehen.

„Was hast du für ein Problem?“, fragte Robert.

„Ich muss jetzt gehen, damit ich rechtzeitig zuhause bin.“

James protestierte verwundert: „Willst du nicht bleiben, bis es Eis gibt?“

„Ich würde es sehr gerne, aber ich habe Mama versprochen, dass ich um vier daheim bin.“ Wie ein erschrecktes Kaninchen floh er aus dem Holzschuppen, bevor er es sich anders überlegen konnte.

„Glaubst du nicht, dass deine Mutter dies eine Mal Verständnis haben würde?“, rief Robert ihm nach.

Doch Peter war schon auf dem Heimweg. Sein Gesicht brannte. Mutter würde dies eine Mal bestimmt Verständnis haben, wenn sie es wüsste, aber seine Eltern hatten ihm beigebracht, immer sein Wort zu halten. Gerade jetzt fühlte er sich von seinen Eltern sehr streng behandelt. Sie verlangten viel von ihm. Wie ein gehetztes Wild rannte er durch die Felder nach Hause, um dort mit schmerzenden Armen Unkraut zu jäten, ohne Eis zu bekommen. Das Leben erschien ihm in diesem Moment sehr grausam.

Um eine Abkürzung zu nehmen, lief Peter quer durch den Obstgarten. Das Gefühl der Enttäuschung brannte noch in ihm, als er um die Hausecke kam. Da blieb er vor Überraschung wie angewurzelt stehen. Auf der Wiese vor dem Haus stand Großpapa. Er war zu Besuch gekommen! Peter fühlte, wie seine Bitterkeit sich mit einem Mal verflüchtigte. Großpapa wiederzusehen war eine unerwartete Überraschung.

„Da kommt er schon“, sagte Mutter freundlich. „Ich hab Großvater gesagt, dass du um vier Uhr hier sein würdest. Du bist immer sehr zuverlässig.“

„Ich dachte schon, ich kann nicht mehr auf dich warten, weil ich nach Hause muss, um Großmutter zu helfen, den Hahn zu schlachten." Er zog seine Uhr aus der Tasche. „Es ist haargenau vier Uhr! Du musst wirklich ein sehr zuverlässiger Junge sein!"

Mutter erklärte: „Großvater möchte dich für einige Tage mitnehmen. Würdest du gerne mit ihm gehen?"

„Und was ist mit dem Unkraut im Garten?", fragte Peter.

Ein Lächeln huschte über Mutters Gesicht: „Ich weiß. Ich werde dich vermissen, aber ich will dir nicht die Fahrt zu Großpapa verderben. Zieh dir schnell saubere Kleider an und nimm noch ein paar Sachen mit, falls irgendwas schmutzig wird."

Wie der Wind rannte Peter davon. Während er geschwind seine Kleider zusammenpackte, dachte er plötzlich, dass seine Mutter letztendlich doch nicht so streng war. Seine Eltern verlangten nicht zu viel von ihm, sondern nur das, was sie für richtig hielten. Sie mussten Regeln aufstellen, damit er lernte, zuverlässig zu sein. Wie schrecklich wäre es gewesen, wenn er zum Eisessen geblieben wäre und den Großvater verpasst hätte! Dabei hatte Mutter dem Großpapa gesagt, welch ein zuverlässiger Junge er war. Zuverlässig zu sein war doch keine so schlechte Sache.

Zehn Minuten später rief Peter seiner Mutter „Auf Wiedersehen!" zu und fuhr mit Großvater davon.

Als Peter neben seinem Großvater saß, streckte er sich so hoch es ging. „Großpapa, meinst du nicht, dass ich seit letztem Frühjahr gewachsen bin?"

Großpapa schaute ihn an und meinte lächelnd: „Vielleicht. Du würdest gerne so groß sein, wie die anderen Jungen in deinem Alter. Aber ob du groß oder klein bist, ist nicht so wichtig." Nach einer Weile fuhr er fort. „Ich bin sehr froh, dass du ein zuverlässiger Junge bist. Das ist eine sehr wichtige Charaktereigenschaft. Die Menschen werden dich dafür schätzen und deine Körpergröße hat nichts damit zu tun."

Großvaters Worte gruben sich tief in Peters Gedächtnis ein. Er würde in Zukunft noch oft daran denken. Peter konnte es kaum erwarten, James und Robert von der Überraschung zu erzählen, die ihn erwartet hatte, als er rechtzeitig heimgekommen war. Er genoss die Unterhaltung mit Großvater während der Fahrt. Und er wollte weiterhin zuverlässig bleiben, das stand fest.

Kastanchen

- Eine Geschichte, die die Autorin selbst erlebt hat -

Ich saß in meinem Rollstuhl auf der hinteren Veranda und saugte die Schönheit der grünen Wiesen und Bäume in dem Moor, das nur wenige Schritte entfernt lag, in mich auf. Es war Frühling. Ich hielt den Atem an, als ich das braune Streifenhörnchen über die lange Veranda zu dem Mais huschen sah, den meine Schwestern ihm hingelegt hatten. Schnell steckte es sich die Maiskörner in seine Backentaschen und eilte weg. Ich rief nach meinen Schwestern.

„War Kastanchen hier?“, fragten sie beinahe einstimmig, als sie im Türrahmen auftauchten. Das Streifenhörnchen war zuerst scheu gewesen, war aber allmählich kühner geworden und seine Besuche hatten sich gehäuft.

Mit viel Zeit und Geduld hatten meine Schwestern es erreicht, dass Kastanchen ihnen schon aus den Händen fraß. Sie kauerten sich auf die Veranda und warteten auf ihre Rückkehr. Wenige Minuten später war sie wieder da. Das Streifenhörnchen sah so niedlich aus, wenn es aufrecht und alarmbereit auf der Handfläche meiner Schwester dasaß und auf jedes Geräusch achtete, das Gefahr bedeuten könnte! Fasziniert saß ich da und beobachtete es reglos von meinem Rollstuhl aus. Oh, wenn ich das Streifenhörnchen doch auch nur einmal halten könnte! Aber meine steifen

Knie würden es mir nie gestatten, mich zu diesem kleinen Geschöpf hinunterzubeugen. Was konnten wir tun?

Jemand hatte die gute Idee, etwas Mais auf meinen Schoß zu streuen. Dann hielt meine Schwester Kastanchen auf einer Hand und begann es vorsichtig auf die Höhe meiner Knie zu heben, sodass es sehen konntew. Leider schlugen die ersten Versuche fehl und Kastanchen huschte ängstlich davon. Aber es war so scharf auf den Mais, dass es immer wieder zurückkehrte.

Kastanchen musste den Mais auf meinem Schoß entdeckt haben. Eines Tages versuchte das kleine schlaue Tierchen zu meiner Überraschung, an der Seite meines Rollstuhls hochzuklettern. Das funktionierte nicht, weil das Metall zu glatt war. So versuchte ich, meinen Fuß etwas auszustrecken und bald konnte das Tierchen darauf hochtrippeln, direkt auf meinen Schoß. Mein Herz trommelte wie wild vor Freude. Mich durchlief ein freudiger Schauer, eines von Gottes wilden Geschöpfen so nahe bei mir zu haben.

Flink, aber zuerst etwas nervös sammelte Kastanchen den Mais mit seinen winzigen Vorderpfoten und stopfte ein Körnchen nach dem anderen in seine Backen, bis beide ganz prall gefüllt waren. Dann rannte es weg zu seinem Erdloch, das nicht weit von uns entfernt im Garten war, und verschwand.

Während ich wartete, versuchte ich mir das Vorratslager des Tierchens vorzustellen. Da tauchte sein Kopf wieder auf und heraus kam der glänzende braun gestreifte Körper. Es setzte sich auf seine kräftigen Hinterpfoten und prüfte, ob die Luft rein war. Dann kam es wieder zurück, um Mais zu

holen. Mein Herz floss über vor Wärme, weil das Tierchen uns vertraute und vor allem, weil es mich akzeptiert hatte.

Später las ich in einem Buch, dass das Streifenhörnchen den Bau seines unterirdischen Nests anfängt, indem es ein Loch gräbt, dann einen Tunnel weiterführt und eine andere kleine Öffnung macht. Dann richtet das Streifenhörnchen sein Nest ein, schiebt den Schmutz raus und verschließt den ersten Eingang.

Meine Schwestern und ich waren nicht immer auf der Veranda, deshalb sahen wir nicht viel von Kastanchens Höhlenbau. Eines Tages stellten wir fest, dass es Blätter und Holzstückchen zum Loch im Garten schleppte. Was hatte es vor? Wir wussten nur so wenig vom Leben eines Streifenhörnchens.

In den nächsten Wochen wurde Kastanchen sehr zahm. Es versuchte ihre samtigen Backen aufzublähen, um mehr Mais hineinzustopfen. Manchmal lutschte es sogar direkt auf meinem Schoß an dem Mais, aber gewöhnlich füllte es seine Backentaschen und huschte dann weg, nur um wieder zu kommen und mehr zu holen.

Im Frühsommer machten wir uns Sorgen, weil Kastanchens Besuche selten wurden. Doch an einem strahlenden sonnigen Morgen lüftete sich das Geheimnis, als ich sah, wie fünf junge Streifenhörnchen ihre Köpfchen aus dem Loch in der Erde steckten. Kastanchen hatte Babys! Welch eine schöne Überraschung! Jetzt kam es besonders oft, um Mais zu holen und wir konnten einen wunderbaren Anblick genießen, nicht irgendwo in einem Tiergarten, sondern bei uns daheim im Hinterhof.

Bald folgten die Kleinen dem Beispiel ihrer Mutter und kamen hoch auf die Veranda. Wir wollten sie auch gerne zähmen und versuchten sie mit appetitlichem Mais zu locken. Aber Kastanchen hatte andere Vorstellungen. Manchmal sah es so aus, als würde es die Kinder schimpfen und klapsen. Offensichtlich sollten sie ihren wilden Instinkt nicht verlieren, damit sie später selber für sich sorgen konnten, wenn es sie großgezogen hatte. Bald würden sie ihr geborgenes Zuhause verlassen und sich selber in dem nahegelegenen Moor zurechtfinden müssen.

Aber wir hatten immer noch nicht alles über das Leben des Streifenhörnchens erfahren. Bevor der Sommer vorüber war, hatte Kastanchen einen neuen Wurf von Jungen.

Der Herbst kam mit seinen bunten rotgoldenen Blättern und Kastanchen, das in dieser Jahreszeit besonders zahm war, sammelte sehr geschäftig einen Wintervorrat an Mais zusammen. Als die Schneeflocken zum ersten Mal wieder durch die Luft tanzten, kam unsere kleine Freundin nur noch ein paar Mal. Dann hatte ihre Winterschlafzeit angefangen.

Wir lasen, dass das Streifenhörnchen in den wärmeren Wintertagen von seinen Futtervorräten zehrt, bei kaltem Wetter dagegen ruhig zusammengerollt schläft, indem es seinen Schwanz um den Kopf und den Rücken windet. Das kleine Tier wird kalt und steif und der Puls wird schwach. Wenn dann der Frühling kommt, wird es wieder wärmer und wacht auf.

Als der Frühling kam, war auch unser Streifenhörnchen wieder da. Zu unserer Überraschung hatte Kastanchen uns nicht vergessen. Ich durfte wieder seine Gesellschaft genießen. Es war so angenehm, wenn das kleine Geschöpf seine weiche Schnauze in meine verkrüppelten Finger steckte und nach Mais suchte! Manchmal kletterte es sogar meinen Arm hoch auf meine Schultern oder meinen Kopf. Es machte ihm nicht einmal etwas aus, wenn meine Finger schnell häkelten, solange ich nur Mais auf dem Schoß liegen hatte.

Im dritten Frühling kam Kastanchen nicht wieder. Wir vermissten es. Was war geschehen? Hatte eine Katze oder ein Habicht das kleine Geschöpf verspeist? Niemand wusste es. Aber ich tröstete mich mit den Erinnerungen an die guten Zeiten, die wir miteinander hatten.

Ich habe selten ein Geschöpf Gottes so sehr genossen, wie Kastanchen in den wenigen Jahren, in denen es unsere Freundin war. Ich werde nie vergessen, wie es mich trotz meiner Behinderung annahm.

Die echte Weihnachtsfreude

Nancy richtete sich auf und rieb sich die verschlafenen Augen. Noch bevor sie ganz aufgewacht war, fiel ihr ein, dass morgen Weihnachten war. Und sie waren jetzt hier, viele Meilen weit von Großvater und allen Onkeln, Tanten und Cousins entfernt. „Kein Wunder, dass ich traurig bin", dachte Nancy. „Weihnachten wird dieses Jahr gar nicht weihnachtlich."

So weit Nancy zurückdenken konnte, waren sie immer nach dem Weihnachtsgottesdienst zum Großvater gegangen. Wie schön war es dort immer gewesen! Die Kinder hatten zusammen gespielt, während die Männer miteinander geredet und die Frauen das Mittagessen vorbereitet hatten. Danach hatte es Bonbons, Orangen und andere Leckerbissen gegeben.

Aber jetzt waren sie umgezogen, und Vater und Mutter wollten nicht wieder zurück. Außerdem wollten sie an Weihnachten einen ruhigeren Tag haben, damit sie seine wahre Bedeutung besser verstehen konnten. Mutter hatte sogar gesagt, dass sie und Vater beschlossen hatten, in diesem Jahr zu Weihnachten keine Geschenke zu machen.

Als Nancy nach unten kam, war sie überrascht, dass in der Küche immer noch kein Licht brannte. Normalerweise war Mutter hier und machte das Frühstück, bevor sie die

Kühe melken ging. Doch bevor sie sich darüber wundern konnte, hörte sie Mutters Stimme aus dem Schlafzimmer.

„Nancy, komm für eine Minute her“, sagte sie. Ihre Stimme klang schwach und fremd, nicht wie sonst. Nancy gehorchte mit ängstlich klopfendem Herzen.

„Nancy, ich bin krank. Ich habe Halsschmerzen und Kopfweh und in meinem Magen rumort es“, sagte Mutter mit heiserer Stimme. „Es tut mir leid, aber du wirst die Arbeit übernehmen müssen. Vater und die Jungs werden dir helfen, wo sie nur können. Decke den Tisch und geh dann in den Stall, um beim Melken zu helfen.“ Nach einer Pause fügte sie hinzu: „Ich verlasse mich auf dich. Vielleicht geht es mir bald besser, wenn ich jetzt im Bett bleibe und ein wenig ruhe.“

Nach dem Frühstück sagte der Vater den jüngeren Kindern, dass sie lieb sein und Nancy gehorchen sollten. Er ließ den siebenjährigen David im Haus, um Nancy zu helfen, während er und Daniel in den Stall gingen, um dort die Arbeiten zu erledigen und den Stall auszumisten.

Nancy trug David auf, er solle das Geschirr waschen. Bald war er damit beschäftigt. Während der Arbeit sang er ein selbst gedichtetes Lied: „Weihnachtstag! Weihnachtstag! O froher, froher Weihnachtstag!“

„Hör auf zu singen“, sagte Nancy ungehalten. „Wir werden dies Jahr keinen Weihnachtstag haben.“

David hörte auf zu singen und hielt gleichzeitig auch in der Arbeit inne. Er drehte sich um und sah Nancy an: „Wie meinst du das? Werden wir den 25. Dezember einfach aus dem Kalender streichen? Du weißt selbst, dass das nicht geht.“

Davids altkluge Redensart machte Nancy noch ungehaltener. „Du weißt genau, was ich meine, David Miller!“, rief sie lauter als nötig. „Wir werden dies Jahr nicht so Weihnachten feiern wie sonst.“

„Aber wir werden trotzdem Weihnachten haben“, beharrte David. „Wir gehen zum Gottesdienst und …“

„Nicht wenn Mama krank ist“, unterbrach Nancy. „Wir bleiben wahrscheinlich zuhause und werden den ganzen Tag nichts Besonderes haben.“

„Nancy“, rief Mutter heiser aus dem Schlafzimmer.

Nancy eilte zu ihr, weil sie dachte, dass Mutter gerade von einem Schläfchen aufgewacht war und etwas brauchte. Aber sie irrte sich. Mutter hatte Nancys Ausbruch gehört. „Warum verdirbst du den Kleinen die Freude?“, fragte die Mutter. „Dieses Jammern und die schlechte Laune müssen sofort aufhören. Es ist Zeit, dass du den wahren Sinn von Weihnachten verstehst. Es geht nicht darum, etwas gutes zu essen und Spaß zu haben. Es ist der Tag, an dem wir an Jesu Geburt und an das Geschenk, das Gott uns gemacht hat, denken. Ich denke gerne daran, weil es mich daran erinnert, wie sehr Gott uns liebt. Das müsste bewirken, dass auch wir einander mehr lieben.“

„Ich will mich bemühen, freundlicher zu sein“, sagte Nancy und ging nachdenklich wieder in die Küche zurück. Sie kannte die wahre Bedeutung von Weihnachten. Jedes Jahr sagten sie in der Schule das 2. Kapitel aus dem Lukasevangelium auf, davon wie die Hirten ihre Herden bewachten, als die Engel kamen und ihnen von der Geburt des Heilands sangen. Sie kannte die Geschichte von den Weisen und von Maria und Joseph. Aber das war alles schon so lange her und so weit weg.

Den ganzen Vormittag arbeitete Nancy. Sie machte die Betten und kehrte den Boden. Langsam verging der Tag.

„Wer von euch würde gerne auf dem Hügel rodeln, heute nach dem Abendessen?“, fragte Vater. „Es liegt schon genug Schnee und es kommt immer noch neuer dazu.“

„Ich will! Ich will!“, riefen alle Kinder durcheinander. Alle, außer Nancy.

„Ich kann nicht gehen, ich muss bei Mutter bleiben“, sagte sie trocken.

„Mutter geht es schon besser. Sie kann alleine bleiben“, sagte Vater. „Wenn nicht, dann werde ich bei ihr bleiben und ihr Kinder könnt alle gehen.“

„Nein, Vater, du sollst mitkommen!“, sagte David. „Es ist immer viel lustiger, wenn du dabei bist. Weißt du noch, letztes Jahr kam sogar Mutter mit?“

Die Kinder lächelten bei der Erinnerung daran, welchen Spaß sie letzten Winter gehabt hatten. Es war kurz nach ihrem Umzug gewesen und sie hatten zum ersten Mal erlebt, wie es ist, in einem Schlitten einen Hügel herunterzusausen. Dass Vater und Mutter dabei waren, machte die ganze Sache noch aufregender.

„Mutter wird heute nicht mitkommen können, aber vielleicht können wir nächste Woche, wenn es ihr besser geht, alle zusammen rodeln gehen“, sagte Vater. „Heute braucht sie noch Ruhe.“

Als es dunkel wurde, hörte es auf zu schneien. Die Kinder beeilten sich mit ihren Hauspflichten und Nancy schaffte es sogar, das Abendessen rechtzeitig fertig zu haben. Mutter ging es etwas besser und sie kam in die Küche, um zusammen mit der ganzen Familie zu essen. Dann räumten sie gemeinsam den Tisch ab. Sogar Nancy war gut gelaunt und aufgeregt, als sie den Hügel hinaufstapften.

Die Sterne leuchteten und die Nacht war kalt. Sie hatten zwei Schlitten, so konnten sie alle gleichzeitig rodeln. Nancy lachte fröhlich, als sie den Hügel herunter rasten. „Das ist beinahe wie Fliegen!“, dachte sie. Der Schnee knirschte unter den Schlittenkufen.

Unter glücklichem Stimmengewirr kletterten die Kinder den Hügel wieder hoch. Beim zweiten Mal waren sie nicht mehr so schnell und beim dritten Mal waren sie beinahe atemlos, als sie die Spitze des Hügels erreichten.

Herunterzurodeln machte großen Spaß, aber der Aufstieg wurde mit jedem Mal schwerer. Nach einigen Fahrten waren sie so müde, dass sie sich auf den Schlitten setzten und eine Weile ausruhten. „Lasst uns mal still sein und den Geräuschen der Nacht zuhören“, schlug Vater vor.

Und dann erzählte Vater ihnen auf dem nächtlichen Hügel die Weihnachtsgeschichte. Er erzählte von den Hirten, von Maria und Joseph, von den Engeln, die in der klaren, dunklen Nacht sangen. Er schloss seine Erzählung mit den Worten: „Jesus ist Gottes einziger Sohn. Er verließ den Himmel und kam um unsertwillen auf die Erde. Wenn wir an Ihn glauben, Ihn lieben und Ihm dienen, können wir eines Tages die Erde verlassen und mit Ihm im Himmel sein.“

Es war Zeit, heimzugehen. Nancy beschloss, lieber zu Fuß zu gehen, als mit dem Schlitten zu fahren, weil sie

so mehr Zeit zum Nachdenken haben würde. Sie ließ den ganzen Tag in Gedanken noch einmal an sich vorüberstreichen und dachte daran, wie unzufrieden sie gewesen war. Das machte sie traurig, aber wenn sie zum Himmel und zu den Sternen hinauf sah und an die Geschichte von dem kleinen Baby Jesus dachte, konnte sie nicht traurig bleiben. Ein tiefes Glücksgefühl durchströmte sie.

Dann dachte sie an die Worte ihrer Mutter. An Weihnachten denkt man daran, was Gott den Menschen geschenkt hat und dass man Ihm mehr dienen und die Menschen um sich herum mehr lieben soll. Genau das wollte Nancy jetzt auch.

Als sie ins Haus kamen, saß Mutter im Schaukelstuhl. Sie sah immer noch blass aus und in die Patchworkdecke gewickelt wirkte sie so ungewohnt fremd. Aber das Lächeln auf ihrem Gesicht machte Nancy umso froher. Sie eilte zu ihr. „Oh, ich freue mich, dass es dir besser geht!“, sagte sie. Dann senkte sie die Stimme etwas und fügte mit einem Seitenblick auf den Flur hinzu: „Mir … mir tut es so leid, dass ich … dass ich heute so unwillig war. Ich will mich bemühen, freundlicher zu sein.“

Jetzt war Mutters Lächeln noch breiter und in ihren Augen standen Freudentränen. Aber bevor sie etwas sagen konnte, war sie von den anderen Kindern umringt, die ihr erzählen wollten, welchen Spaß sie beim Schlittenfahren hatten und wie Vater ihnen die Weihnachtsgeschichte auf dem Hügel erzählt hatte.

Etwas später lag Nancy im Bett. Der Schlaf wollte lange nicht kommen, aber das machte ihr nichts aus. Es war schön, dazuliegen und darüber nachzudenken, was in der ersten Weihnachtsnacht geschehen war. Sie freute sich schon auf den Gottesdienst, in dem sie die Geschichte nochmal hören würde. „Und ich hatte gedacht, es würde dies Jahr ein trauriges Weihnachtsfest geben“, dachte sie.

Jetzt wusste sie es. Weihnachten kann nicht traurig sein, wenn man seine wahre Bedeutung im Herzen trägt.

Mehr als Geld

Titus Troyer saß am Frühstückstisch und pickte mit der Gabel nach seinem Ei. Mit den Gedanken war er weit weg. Er dachte daran, wie glücklich doch sein Freund Peter war. Er schaufelte Schnee für seinen Nachbarn, der nicht in der Gemeinde war, und hatte gestern in der Schule angegeben mit all dem Geld, das er dafür bekam. Nächsten Frühling wollte sein Vater ihm einen Basketballhandschuh dafür kaufen.

„Würdest du heute vor der Schule schnell rübergehen und den Schnee von Joe Yoders Bürgersteg schaufeln?“, unterbrach Mutter seine Gedanken. „Papa und ich haben heute morgens darüber gesprochen. Dem alten Joe fällt es schon sehr schwer, Schnee zu schaufeln.“

Titus sah überrascht auf. Natürlich wollte er Schnee schaufeln! Wie konnte Mutter wissen, was er gerade eben gedacht hatte? Ein breites Lächeln erhellte sein Gesicht. „Kann ich gleich nach dem Frühstück gehen?“, fragte er.

„Sobald du deine Pflichten hier zuhause erledigt hast“, antwortete Vater. „Wir sind extra früh aufgestanden, weil wir zu Onkel Dan gehen wollen, um dort beim Schlachten zu helfen. Du hast noch genug Zeit, um alles zu erledigen, dann den Schnee zu schaufeln und um halb neun in der Schule zu sein.“

Titus pfiff fröhlich vor sich hin, als er hinausging. Sein Basketballhandschuh war schon ziemlich abgenutzt und er wollte auch einen neuen haben. Das hier war seine Gelegenheit, Geld zu verdienen. Vielleicht würde Vater ihm dann auch einen Basketballhandschuh kaufen. Außerdem war das natürlich eine gute Gelegenheit, Peter etwas entgegenhalten zu können, wenn sie in der Schule miteinander sprachen.

Titus musste nicht weit gehen, nur bis ans Ende der Straße, von der aus die kleine Gasse abbog, in der die Yoders wohnten. Sie waren ein altes Ehepaar, das gerade erst vor Kurzem hierher gezogen war. Sie hatten weder Kinder noch Enkel, die ihnen helfen konnten, aber sie hatten viele Freunde. Titus wusste nicht viel über sie, außer dass sie recht wohlhabend waren, Kinder liebten und so altmodische Ansichten hatten, dass manche Leute sie etwas seltsam fanden.

Während er nun auf das kleine weiße Haus zuging, fragte Titus sich, was Joe Yoder und seine Frau Lucy wohl sagen würden. Würden sie seine Hilfe annehmen? Sein Herz schlug sehr schnell, als er an die Tür klopfte.

Die Tür öffnete sich erst einen Spaltbreit und sprang dann ganz auf. „Schönen guten Morgen, Titus!“, sagte Joe herzlich. „Komm herein, komm herein!“

„Ich … ich wollte euch nur fragen, ob ich bei euch ein wenig Schnee schaufeln soll“, sagte Titus und war plötzlich verlegen.

„Das klingt ja zu schön, um wahr zu sein!“, rief Joe. „Mein Herz macht nicht mehr so ganz mit, wenn ich solche Arbeit mache. Lucy mit ihrer Arthritis kann das erst recht nicht machen.“

Lucy stand mittlerweile neben ihrem Mann. „Du bist genau der, den wir brauchen, Titus“, sagte sie dankbar. „Es ist so schön, dass wir solche hilfsbereiten Nachbarn haben.“

„Wo ist die Schaufel?“, fragte Titus, der begierig war, endlich anzufangen.

Joe zeigte auf den Holzschuppen: „Sie hängt an dem Hacken links neben der Tür.“

„Komm aber auf jeden Fall nochmal ins Haus, bevor du heimgehst“, rief Lucy Yoder ihm nach.

Titus grinste in sich hinein. Natürlich würde er ins Haus kommen, um sein Geld abzuholen. Er ging in den Schuppen und holte die Schaufel. Mit fröhlichem Herzen fing er an zu arbeiten. Bald wurde ihm warm und er zog seinen Mantel aus. Als er sich einmal aufrichtete, sah er Joe und Lucy am Fenster stehen und ihm zuzuschauen.

„Ich werde beobachtet“, dachte Titus. „Ich will schnell und gut arbeiten. Dann werden sie mich bestimmt auch entsprechend bezahlen.“

Bald waren der Bürgersteg bis zum Briefkasten und der Gartenpfad bis zum Schuppen gereinigt. Titus brachte die Schaufel an ihren Platz zurück, putzte den Schnee von seinen Schuhen mit der Bürste, die am Eingang stand, und ging hinein.

„Du hast gar nicht lange gebraucht“, sagte Joe. „Ich konnte auch einmal so arbeiten, als ich jünger war, aber jetzt nicht mehr. Ich glaube, ich werde allmählich ziemlich abgenutzt.“

Lucy kam aus der Küche mit einer dampfenden Tasse Kakao und einem Keks. „Hier, das ist für dich, du bist be-

stimmt hungrig nach so einer Arbeit“, sagte sie. „Setzt dich hin und iss ruhig. Dann musst du aber gehen, wir wollen nicht, dass du unsretwegen zu spät zur Schule kommst.“

Der Kakao schmeckte richtig gut. Titus‘ Kehle wurde ganz warm und in seinem Magen machte sich ein wohliges Gefühl breit. Er tauchte den Keks in den Kakao und aß ihn.

„Möchtest du noch einen?“, fragte Lucy und eilte in die Küche um eine ganze Schüssel davon zu holen, noch bevor Titus antworten konnte.

„Nein, er war lecker, aber ich bin satt“, sagte er und trank den letzten Schluck Kakao herunter.

„Bist du sicher?“, fragte Lucy. „Ein Junge wie du kann doch sicher mehr als ein Keks essen.“

„Manchmal kann ich das“, lächelte Titus, „aber jetzt hatte ich ja gerade davor gefrühstückt.“

„Gut, dann wickele ich ihn dir ein und du kannst ihn in der Pause essen“, sagte Lucy und eilte wieder in die Küche, mit kleinen und schweren Schritten. Bald war sie wieder zurück und gab ihm ein schön in Wachspapier eingewickeltes kleines Päckchen. Titus nahm es entgegen und bedankte sich.

„Danke, dass du uns den Schnee weggeschaufelt hast“, sagte Lucy herzlich. „Wir schätzen das so sehr!“

„Ja, das ist so“, sagte Joe, „ich weiß, du kannst jetzt nicht hierbleiben, aber du musst uns mal abends besuchen kommen. Ich habe ein paar Sachen, die ich dir gerne zeigen würde.“

Jetzt begriff Titus, dass sie ihn nicht für das Schneeschaufeln bezahlen würden. Sie dankten ihm einfach und luden ihn zu sich ein. Schnell zog er seine Mütze an und eilte hinaus, bevor sie seine Enttäuschung sehen konnten.

„Danke nochmal!“, rief Joe ihm nach.

Titus antwortete nicht. Er war zu durcheinander. „Geizkragen“, murmelte er, „sie haben soviel Geld und lassen einen Kerl für nichts schaffen. Nächstes Mal können sie jemand anderen suchen, um ihren Bürgersteg zu reinigen, oder sie können es selber machen.“

Seine Enttäuschung war groß. Die ganze Zeit, während er den Schnee geschaufelt hatte, hatte Titus sich vorgestellt, wie er in der Schule Peter und den anderen Jungen von seiner Arbeit erzählen würde. Er hatte geglaubt, dass sie so wohlhabend waren, dass sie ihn bezahlen würden. Aber jetzt … was würde Peter sagen, wenn er erfuhr, dass Titus Schnee geschaufelt hatte für zwei Kekse und eine Tasse Kakao?

„Er soll es nicht erfahren“, beschloss Titus. „Niemand außer mir weiß davon und ich werde es nicht erzählen.“

Als er die Schule erreicht hatte, hatte Titus es geschafft, seine Enttäuschung in den Hintergrund zu bannen. Er wurde erst wieder daran erinnert, als er seine Pausenbrotdose öffnete und Lucy Yoders Keks sah, aber er blieb still.

Als Titus nachmittags von der Schule heimging, sah er Joe Yoder Holz schleppen. Er hatte nur einen Armvoll und ging mit einem Gehstock. Titus Herz wurde weicher bei dem Anblick. Joe wurde alt und die Arbeit fiel ihm immer schwerer. „Aber er hat viel Geld und muss sich davon trennen, wenn er will, dass andere Leute für ihn arbeiten“, dachte Titus. „Wenn es wieder schneit, kann er sich jemand anderen suchen, um seinen Bürgersteg zu reinigen.“

In dem Augenblick sah Joe Titus. Er winkte mit seinem Spazierstock eifriger denn je. Trotz des Grolls, den Titus verspürte, winkte er zurück. Winken war eine Sache, aber umsonst Schnee zu schaufeln eine andere.

Das Haus war leer, als Titus heimkam. Zunächst war er überrascht, aber dann fiel ihm ein, dass seine Eltern zum Schlachten gegangen waren. Das bedeutete, dass er schon mal mit der Hausarbeit anfangen musste, bevor sie heimkamen.

Zuerst machte Titus Feuer im Ofen. Dann wechselte er seine Kleider und ging in den Stall. Er war schon fleißig am Arbeiten, als die anderen kamen. Vater übernahm die restlichen Arbeiten im Stall, während Titus Mutter und den älteren Schwestern beim Melken half.

„Ach, übrigens, wie war es heute morgens bei Joe?“, fragte Mutter.

Titus schnaubte. Nach einer langen Weile sagte er: „Ganz in Ordnung, glaube ich.“

Mutter spürte sofort, dass etwas nicht stimmte. „Wollten sie nicht, dass du ihnen hilfst?“

„Natürlich wollten sie es“, antwortete Titus kurz angebunden.

„Waren sie nicht zufrieden?“, fragte Mutter weiter.

„Sie sagten, dass sie es sind, aber sie haben sich nicht so verhalten“, sagte Titus. „Sie sagten nur Danke und gaben mir einen Keks.“

„Was hast du denn sonst noch erwartet?“, fragte Mutter. „Hoffentlich hast du nicht Geld verlangt.“

„Natürlich habe ich das nicht“, sagte Titus ärgerlich. „Aber sie hätten es mir ja geben können, ohne dass ich danach frage.“

„Du hast deine Hilfe angeboten, Titus", sagte Mutter. „Wir dürfen nicht erwarten, dass andere uns für etwas bezahlen, das wir ihnen anbieten."

„Peter wird für das Schneeschaufeln bezahlt", sagte Titus.

„Das ist etwas anderes", erklärte Mutter. „Die Leute haben ihn bestimmt gebeten, bei ihnen zu arbeiten. Joe und Lucy sind unsere guten Nachbarn und wir brauchen nicht für jede Kleinigkeit, die wir für sie tun, bezahlt zu werden."

Titus schnaubte verächtlich. Es war leicht für Mama, so etwas zu sagen. Er war ja derjenige gewesen, der hart gearbeitet und nichts dafür bekommen hatte. Das heißt, nichts außer einem Keks. Naja, eigentlich waren es zwei Kekse. Aber mit Keksen konnte man keinen Basketballhandschuh kaufen.

„Wir brauchen Geld, um in der Welt leben zu können", fuhr Mutter fort. „Aber je älter du wirst, desto mehr wirst du merken, dass es Dinge gibt, die wir mehr brauchen, als Geld. Manchmal arbeiten wir für Geld und manchmal nicht. Wichtig ist, die Arbeit froh und gerne zu tun, egal ob wir dafür bezahlt werden oder nicht."

***

Wenn Titus gedacht hatte, dass er kein zweites Mal bei Joe Yoder Schnee schaufeln würde, dann hatte er sich geirrt. In der folgenden Woche schneite es wieder und Mutter sagte wie selbstverständlich: „Dein Pausenbrot ist schon eingepackt, Titus. Du kannst gleich nach dem Frühstück zur Schule gehen. Die Mädchen werden hier zuhause deine Arbeiten erledigen, weil Joes und Lucys Bürgersteg wieder freigeschaufelt werden muss."

Titus sah Vater an, in der Hoffnung, dass er protestieren würde, aber er tat es nicht, sondern aß ganz normal weiter. Die Sache war ganz offensichtlich schon beschlossen. So ging er nach dem Frühstück los. Diesmal wusste er schon, wo die Schaufel war und musste deshalb nicht erst ins Haus gehen. Er reinigte den Bürgersteig und eilte dann zur Schule.

Nachmittags stand der alte Joe an der Straße und wartete auf Titus. „Danke, dass du unseren Bürgersteg gereinigt hast“, sagte er herzlich. „Lucy hatte dir einen Imbiss vorbereitet, aber dann sahen wir dich nur die Straße herunterlaufen. Sie brauchte bis zur Mittagszeit, um darüber hinwegzukommen.“ Seine Worte klangen barsch, aber er lachte. Titus konnte nicht anders, als mitzulachen. Er konnte sich sehr gut vorstellen, wie Lucy sich aufregte, in der einen Hand eine Tasse Kakao und in der anderen einen Keks.

„Ich hab mir dann was ausgedacht, um sie zu beruhigen“, sagte Joe. „Ich sagte ihr, dass wir dich nach dem Abendessen einladen wollen zu Popcorn mit Sirup.“

„Aber … ich … eh …“, stotterte Titus.

Joe sah sein Zögern. „Wenn du heute abends etwas anderes vorhast, kannst du auch morgen kommen“, sagte er schnell.

Aber das war es nicht. Titus sah auf seine Füße. Wie konnte er diesem alten Mann erklären, dass er nicht kommen wollte und dass er weder Kakao, noch Kekse oder Popcorn haben wollte. Er wollte Geld, damit er sich einen Basketballhandschuh kaufen konnte.

„Du kannst auch deine Geschwister mitbringen“, sagte Joe, „dann machen wir uns zusammen einen schönen Abend. Je mehr Leute, desto lustiger, wie man so schön sagt.“

„Na gut“, sagte Titus zu, „dann kommen wir heute abends.“ Wenn seine Geschwister mitkamen, dann war es nicht so schlimm, dann konnte er sich auch im Hintergrund halten. Er würde dann nicht gezwungen sein, zu freundlich zu den geizigen alten Leuten zu sein.

Am Abend, als alle Hausarbeiten getan waren und sie zu Abend gegessen hatten, gingen die Troyers zu den Yoders. Joe und Lucy kamen beide zur Tür, um sie zu begrüßen.

Eine große Schüssel mit Popcorn und eine Kanne mit Sirup standen auf dem Wohnzimmertisch. Lucy eilte hin und her, um sicherzugehen, dass alle einen guten Platz bekamen. Dann reichte sie das Popcorn herum und gab jedem ein Glas frischen Sirup. „Es ist genug für alle da“, sagte sie. „bedient euch und nehmt euch so viel ihr wollt.“

Joe hatte ein zufriedenes Lächeln auf dem Gesicht. „Weißt du noch, dass ich dir beim ersten Mal gesagt habe, ich hätte dir was Schönes zu zeigen?“, wandte er sich an Titus. „Ich habe noch keinen Jungen gefunden, der nicht an meiner Pfeilspitzensammlung interessiert wäre.“ Er ging zum Bücherregal und holte eine große flache Kiste herunter.

Titus vergaß seinen Vorsatz, im Hintergrund zu bleiben und nicht zu nett zu dem alten Mann zu sein. Er rückte seinen Stuhl näher heran und machte große Augen vor Begeisterung. Er hatte bisher eine oder zwei Pfeilspitzen gesehen, aber niemals so viele, und dazu noch in allen möglichen Farben und Formen!

Eine nach der anderen holte der alte Mann heraus und erzählte davon. Jede hatte offenbar ihre eigene Geschichte und Joe erzählte sie sehr gerne. Er hatte mit dem Sammeln begonnen, als er noch ein Junge war, und hatte damit weitergemacht bis jetzt. Die meisten waren aus Feuerstein, aber manche auch nicht. Joe erklärte, wie sie gemacht waren und wie die Indianer sie gespitzt hatten. Er erklärte auch, wofür die verschiedensten Spitzen gebraucht wurden.

Titus hielt eine Pfeilspitze in der Hand und stellte sich einen Indianerjungen in seinem Alter vor, der auf Zehenspitzen durch den Wald schleicht und nach einem Reh oder einem Bären Ausschau hält, den Speer in der Hand erhoben, bereit zum Wurf. Welche Stärke muss man haben, um mit dieser Spitze das Ziel genau zu treffen!

Dann kam ihm ein anderer Gedanke, der ihm die Haare zu Berge stehen ließ. Ohne Zweifel waren solche Pfeilspitzen in den Kriegen zwischen den Indianern und den Weißen benutzt worden. Jetzt stellte er sich vor, wie er selber durch die Wälder ging und plötzlich einen scharfen Schmerz im Rücken oder in der Brust fühlte. Er schauderte. Wenn solche Pfeile mit aller Kraft geschleudert wurden, konnten sie durchaus ihren Zweck erfüllen.

Sie mussten wieder nach Hause gehen, lange bevor Titus müde war Joes Geschichten zuzuhören, und bevor Joe müde vom Erzählen war.

„Du musst ein anderes Mal wiederkommen“, sagte Joe, als sie sich zum Gehen anschickten.

„Das mach ich“, sagte Titus und er meinte es wirklich aufrichtig.

***

Das war der Anfang einer warmen herzlichen Freundschaft zwischen Titus und dem alten Joe. Titus dachte sich immer wieder neue Gründe aus, warum er nach der Schule noch kurz bei Joe vorbeischauen konnte. Er holte Holz für ihn, wenn die Wege vereist waren, und hackte die großen Holzstücke, die Joe beiseitegelegt hatte. Und am Schönsten war es, als im Frühling die Mutterschafe, die Joe hielt, ihre Lämmer bekamen. Es wurde ihm zur Gewohnheit, dass er sich nach Dingen umsah, die man noch machen konnte, und seine Hilfe anbot. Je öfter er mit Joe zusammen war, desto mehr gefiel es ihm.

In den folgenden Wochen wurde es noch wärmer, der Schlamm auf dem Spielplatz trocknete und die Gedanken der Jungen wandten sich wieder dem Basketball zu. „Bring deine Basketballhandschuhe mit“, sagte ein Achtklässler. „Wir werden morgen nachmittags bestimmt spielen.“

Am Abend packte Titus seinen Basketballhandschuh aus. Mit einem alten Lumpen und etwas Schuhcreme polierte er das Leder. In der Werkstatt besserte er die auseinandergegangenen Nähte aus. „Peter wird morgen einen neuen Handschuh haben“, dachte er wehmütig. Die Erinnerung daran, wie er sich gefühlt hatte, als er zum ersten Mal Schnee bei Joe geschaufelt hatte, kam ihm wieder in den Kopf. Und dann kam ihm ein anderer Gedanke in den Sinn: „Was, wenn sie mich bezahlt hätten? Wenn sie mir nichts als Geld gegeben hätten?“

Titus sah wieder auf seinen Handschuh. Er sah gar nicht so schlecht aus, jetzt wo er poliert und ausgebessert war. Außerdem war es ein guter Handschuh, mit einem großen Hohlraum. Ein neuer Handschuh würde bald seinen Glanz verlieren und vielleicht auch an einigen Stellen kaputt gehen, genauso wie dieser. Aber was Joe und Lucy ihm gegeben hatten – Liebe und Freundschaft und die Lektionen, die er bei ihnen gelernt hatte – das würde für immer bleiben.

Rex

Henry saß faul auf der Treppe herum. Der Morgen war wunderschön und der helle Sonnenschein ließ das schön gekämmte Haar von Rex, Henrys braun-weißem Hundebaby noch schöner glänzen. Rex spitzte die Ohren, schoss über den Hof und scheuchte ein verschrecktes Kätzchen den Baum hoch.

„Hier, Rex, hierher!“, schalt Henry. Rex beachtete seinen Ruf überhaupt nicht. Wie gewöhnlich, wenn er etwas anstellte, schien Rex nicht zu hören, wenn ihn jemand rief.

In diesem Augenblick kam Vater um die Ecke. Mit einem Blick erfasste er die ganze Situation. „Henry, ich glaube, du musst deinen Hund besser erziehen“, sagte er. „Du bist elf und alt genug, das gut zu machen. Wenn du nicht weißt, wie du dabei vorgehen sollst, dann schau dir nochmal das Buch an, das wir dir gekauft haben.“

„Aber immer wenn ich die Leine an seinem Halsband festmache, will er nur spielen“, sagte Henry. „Ich glaube, er wird vernünftiger, wenn er älter wird und nicht mehr so verspielt ist.“

„Ich befürchte, da liegst du falsch“, erwiderte Vater. „So funktioniert das nicht. Hunde sind wie Kinder. Man kann ihnen besser etwas beibringen, wenn sie jung sind. Je länger du wartest, desto schwerer wird es, ihn zu erziehen.“

Henry holte die Leine aus dem Schuppen und ging dann los, um seinen Hund zu suchen. Rex war nun schon sechs Monate alt, deshalb musste er sich wohl etwas Mühe geben mit dem Training. Er befestigte die Leine an dem Halsband und ging dann mit ihm aufs Feld hinter den Häusern. „Ich lasse die Leine lose hängen, bis er weglaufen will, dann ziehe ich ihn zurück zu mir“, überlegte Henry, während er versuchte, sich an die Anweisungen aus dem Buch über Hundetraining zu erinnern. Sie hatten so einfach geklungen.

Henry setzte sich ins Gras und ließ Rex einige Fuß weit laufen, bis die Leine an seiner Hand zog. Dann befahl er: „Hierher! Rex, hierher!“

Rex wandte den Kopf zu seinem jungen Herrchen, dachte aber nicht daran zu gehorchen. Henry zog an der Leine und rief so streng er konnte: „Hierher!“ Rex zuckte und wedelte unentschlossen mit dem Schwanz. „Ist schon in Ordnung, braver Hund“, lobte Henry.

Rex sprang wieder auf und war sofort zu einer Jagd durch die Felder bereit. Henry ließ ihn laufen und versuchte dann wieder, ihn zu rufen. Der Hund gehorchte nicht besser als beim ersten Mal. Nach mehreren weiteren Versuchen verlor Henry die Geduld. „Du dummer Hund. Du lernst auch gar nichts!“ Er löste die Leine und ging zum Stall. Rex folgte in einiger Entfernung und fragte sich wohl, was er getan hatte, um sein Herrchen so aufzuregen.

„Mama“, rief Henry, als er ins Haus kam, „darf ich angeln gehen?“

„Du musst zuerst die Eier einsammeln und dann Vater fragen. Wenn Vater dir erlaubt, dann darfst du“, antwortete sie.

Wenige Minuten später war Henry dabei, seinen Korb mit Eiern zu füllen. Sein Herz klopfte vor Aufregung. Vater hatte ihm erlaubt, Angeln zu gehen. Jetzt musste er nur noch diese Eier einsammeln und Würmer suchen, dann konnte er sich auch schon auf den Weg machen. Vielleicht konnte er Mutter noch bitten, ihm etwas zu essen einzupacken.

Kurze Zeit später war Henry schon unterwegs die Straße hinunter. Die Angelschnur hatte er sich über die Schulter geschwungen und in einer Hand trug er ein Körbchen mit einem Imbiss. Rex folgte ihm auf den Fersen und beschnüffelte den Boden. Als er lospreschte, um ein Kaninchen zu jagen, versuchte Henry nicht einmal, ihn zurückzurufen. Er wusste, dass es nichts bringen würde.

Als sie den Fluss erreicht hatten, wischte Henry sich den Schweiß von der Stirn und setzte sich auf einen großen flachen Stein, um den Wurm auf den Hacken zu stecken. Als der sich windende Wurm endlich an Ort und Stelle war, ließ er die Schnur ins Wasser fallen. Dann holte er tief Luft und sah sich um. Das gekräuselte blaue Wasser passte zum Himmel, und dazwischen lagen die grünen Felder. „Gott hat wirklich eine schöne Welt gemacht“, dachte Henry. „Und heute ist genau der richtige Tag zum Angeln.“

Ein Zug an der Schnur ließ Henry einen aufgeregten Sprung machen. Sein Gesicht strahlte vor Freude, als er den ersten Fisch aus dem Wasser holte. „Wow, das ist ein großer!“, rief er aus.

Nach einer Weile dachte Henry an den Kartoffelsalat und das Schinkenbrot in seinem Picknickkörbchen. Er merkte plötzlich, dass sein Magen sich schon ganz leer anfühlte. „Ich glaube, jetzt kann mich nichts mehr vom Essen abhalten“, sagte er und rieb sich den Bauch.

Henry verspeiste gerade den letzten Happen aus seinem Körbchen, als Rex auftauchte. Henry streichelte seinen Kopf. „Siehst du, das hast du davon, wenn du wegläufst“, sagte er, „dann verpasst du ein gutes Essen.“ Während er über Rex‘ Kopf strich, dachte er, wie schön es doch wäre, einen gut erzogenen, gehorsamen Hund zu haben. „Ich hätte ein paar Brotkrusten übriglassen sollen als Belohnung, wenn er das Richtige macht“, dachte er. Aber er wollte so gerne weiter angeln, dass er sich sagte: „Ich kann auch an einem anderen Tag mit dem Training weitermachen.“

Henry streckte sich auf dem weichen Gras aus, um ein paar Minuten auszuruhen, bevor er seinen Platz am Fluss wieder einnahm. Er schaute in den tiefblauen Himmel. Das Maisfeld nebenan warf einen Schatten auf den Platz, auf dem er lag. Plötzlich richtete er sich auf und schnüffelte mit der Nase: „Iii, was rieche ich da?“

In dem Moment sprang Rex auf und rannte in das Maisfeld. „Rex! Hierher!“, rief Henry. Aber Rex tat, als hätte er nichts gehört. Er hatte gesehen, dass sich etwas im Maisfeld bewegte und deshalb war er unterwegs zu seiner Lieblingsbeschäftigung.

Henry machte einen weiteren Versuch. „Rex, hierher!“, rief er, beschloss aber dann, dass er sich seinen Atem auch sparen konnte.

Es dauerte nicht lange, bis er ein Kläffen hörte, und dann wieder eins. Und dann kam Rex aus dem Maisfeld, winselnd und kläffend vor Schmerz. Er überschlug sich im-

mer wieder auf dem Gras und versuchte den schrecklichen Gestank, der an ihm haftete, loszuwerden. Er suchte bei Henry Hilfe und Schutz vor dem schrecklichen Zeug, das in seinen Augen brannte, aber Henry wollte ihn nicht nahe an sich heranlassen. Er kniff sich mit der Hand die Nase zu und wich zurück.

„Du böser Hund", schimpfte Henry. „Das hast du davon, dass du mir nicht gehorchst, wenn ich dich rufe. Wenn du zurückgekommen wärest, wäre das nicht passiert."

Der Hund verstand nichts. Er kam wieder zu Henry, den Schwanz zwischen den Beinen und rieb seinen Kopf Hilfe suchend an Henrys Hose. Henrys Herz schmolz. Das Beste war, Rex in den Fluss zu stecken und ihn gründlich abzuspülen. „Komm, Rex", sagte er.

Diesmal gehorchte Rex ohne Zögern. Henry lachte trotz der misslichen Lage, in der sie sich befanden. „Du gehorchst, wenn du in Schwierigkeiten bist, was?", sagte er. Er packte den Hund mit festem Griff und stupste ihn in den Fluss. Rex sah verdattert drein, schwamm aber gleich zum gegenüberliegenden Ufer. „Richtig, Rex!", rief Henry, „so muss man es machen. Nimm den längeren Weg. Das wird dich sauberer machen."

Obwohl der Hund immer weiter schwamm, ging der Gestank nicht weg. Henry begriff, dass auch er ihn nun an seinen Händen und vermutlich auch an seinen Kleidern hatte. Er wusste, dass er so nicht wieder angeln gehen konnte. Er packte seine Sachen zusammen und ging nach Hause. Mutter kam ihm entgegen, als sie ihn kommen sah. „Was ist los?", fragte sie besorgt. „Bist du ins Wasser gefallen?"

„Nein, das ist es nicht“, sagte Henry und erzählte ihr alles. Noch bevor er mit seinem Bericht fertig war, kam Vater den Weg herauf und er musste wieder von vorne beginnen.

„Na, ich bin froh, dass es nichts Schlimmes ist“, sagte Mutter aufatmend. „Ich bringe dir eine Schüssel warmen Wassers und etwas von der guten Handseife. Dann kannst du zuerst deine Hände abschrubben und dann deine Kleider wechseln.“

„Was ist mit Rex?“, wandte Henry sich an seinen Vater. „Kann man etwas für ihn machen?“

„Kümmere dich besser um seine Erziehung, wie ich dir heute morgens gesagt habe.“

„Ja, das habe ich schon beschlossen“, sagte Henry. „Aber ich meine den Gestank. Würde ein Bad ihm helfen?“

„Ich hoffe es“, sagte Vater. „Zum Teil wird es wohl einfach mit der Zeit weggehen, aber ein Bad wird ihm bestimmt helfen.“

„Wenn Rex bloß zurückgekommen wäre, als ich ihn rief“, sagte Henry traurig. „Ich hab das Stinktier gerochen, bevor es passierte, und wusste, dass er von ihm besprüht werden würde, wenn er ihm nachrennt. Ich wusste es. Ich versuchte, ihn abzuhalten, aber er gehorchte einfach nicht.“

„Beschuldige den Hund nicht zu sehr, Henry“, sagte Vater. „Es ist das erste Mal, dass er auf ein Stinktier getroffen ist und er wusste nicht, was es ihm tun konnte.“

„Aber ich wusste es! Wenn er auf mich gehört hätte, hätte er jetzt nicht den Schlamassel.“

„Das ist richtig“, stimmte Vater ihm zu. „Aber der Grund, warum er dir nicht gehorchte, ist, dass er nicht gelernt hatt zu gehorchen. Und deshalb konntest du ihn nicht zurückrufen, als er in Gefahr war. Das ist ja auch der Grund, weshalb wir dir beibringen wollen, dass du gehorchst, genauso wie du deinen Hund erziehen musst. Du bist zu jung, um alle Gefahren zu sehen, die dir begegnen könnten, deshalb machen Mutter und ich Regeln, um dich zu beschützen, sowohl vor körperlichem Schaden, als auch vor Dingen, die deiner Seele schaden könnten, indem sie schlechte Gewohnheiten bilden."

Henry schrubbte nachdenklich seine Hände mit der Seife, die Mutter ihm gegeben hatte. Dann schnupperte er an seinen Händen. „Sie riechen schon viel besser als vorher", sagte er. Er dachte immer noch darüber nach, was Vater gesagt hatte. Es leuchtete ihm ein, besonders wenn er an die Erlebnisse dachte, bei denen er seinen Schaden davon hatte, dass er sich nicht nach den Regeln gerichtet hatte, die seine Eltern für ihn aufgestellt hatten.

Henry ging ins Bad, holte eine Wanne und füllte sie mit Wasser. Außerdem legte er Seife und eine Bürste bereit. Dann suchte er Rex. Er freute sich nicht gerade darauf, den stinkenden Hund zu baden, und der Gedanke daran, ihn erziehen zu müssen, war auch nicht so angenehm. Aber eines wusste er: Er durfte diese Erziehung keinen Tag mehr aufschieben.

Wie Gänsefedern

Lena schob sich eine Haarsträhne aus den Augen, während sie sich zu ihrer Freundin Mary setzte. Beide waren in der siebten Klasse und aßen in der Pause zusammen ihr Pausenbrot. Lena ließ ihren Broteimer aufschnappen, holte ein belegtes Brot mit Ei heraus und biss hinein.

„Mmh, das sieht lecker aus!", rief Mary.

„Dein Schinkenbrot sieht auch lecker aus", antwortete Lena. Dann warf sie einen Blick in den Gang, in dem Naomi Mast saß, und flüsterte: „Ich kann mir nicht vorstellen, dass etwas gut schmecken kann, das aus solch einem angestrichenen Broteimer kommt."

Mary sah verächtlich auf Naomis Broteimer. „Ich hab zwar noch nie darüber nachgedacht, aber ich frage mich echt, warum sie überhaupt so ein ramponiertes altes Ding hat."

„Das ist nur, weil sie arm sind, deshalb", sagte Lena. „Ich hab gehört, wie jemand gesagt hat, dass sie ihr Geschirr mit Lumpen abwischen, weißt du, mit Stücken von alten Kleidern und so."

„Ich weiß, dass sie alte Lumpen als Taschentücher benutzen", sagte Mary. „Dunkelgrüne, blaue und graue. Man sieht, dass sie aus alten Röcken und Hemden gemacht sind. Es sind einfach nur Lumpen, sag ich dir."

„Wenigstens sind sie gesäumt“, sagte Lena. „Sie haben sie nicht einfach nur auseinandergerissen.“

„Sie säumen sie nur, damit sie besser halten“, sagte Mary. „Wenn sie nicht gesäumt wären, würden an den Rändern immer mehr Fäden rausgehen und dann würden die Taschentücher immer kleiner werden. Sie säumen sie bestimmt, um sie zu schonen, weil arme Leute oft nicht viele Lumpen haben.“

Der große Zeiger der Schuluhr rückte immer weiter. Bald hatten alle Kinder ihr Frühstück verzehrt, schlossen ihre Broteimer und begannen zu spielen. Lena war etwas langsamer. Als sie ihren Broteimer wegstellte, merkte sie, wie Mary gerade mit einigen anderen Mädchen redete. Sie war neugierig, worüber sie wohl gerade sprachen, und kam etwas näher. Dann hörte sie, wie Mary sagte: „Lena und ich waren uns einig, dass wir nicht aus einem solchen Broteimer essen würden.“

„Weißt du, woher sie den hat?“, fragte Lucy, eine Sechstklässlerin.

„Nein, woher?“

„Von der Müllhalde“, sagte Lucy. „Ihre Eltern gehen immer wieder mal dahin, um zu schauen, was sie da finden können. Sie haben diesen Broteimer gefunden, er war ganz verbeult und rostig, und sie haben ihn zurechtgebogen, so gut sie konnten und angestrichen. So hat Naomi jetzt einen Broteimer.“

Eine andere Sechstklässlerin wandte ein: „Ich kann das nicht glauben. Naomi hatte diesen Broteimer schon letztes Jahr.“

„Wer sagt, dass sie ihn nicht schon letztes Jahr gefunden haben?“, sagte Lucy herausfordernd. „Ich weiß, dass es stimmt, weil Naomi es mir selbst gesagt hat.“ Dann nach einer kurzen Denkpause sagte sie: „Also, sie hat mir eigentlich nicht gesagt, dass er verbeult und rostig war, nur dass sie ihn auf der Müllhalde gefunden haben, aber man kann sich den Rest ja denken.“

Die Mädchen gingen hinaus zum Spielen, aber aus irgendeinem Grund konnte Lena sich nicht auf das Spiel konzentrieren. Sie musste immer wieder zu Naomi schauen. Ihr Kleid sah eigentlich gar nicht schlecht aus. Am Anfang des Schuljahres war es neu gewesen und ihr Mantel auch. Eigentlich war Naomi nicht anders gekleidet, als die anderen Mädchen auch, aber da war eben der Broteimer und die Taschentücher. Und Naomi war immer so still. Lena hatte nie eine Erklärung dafür gehabt, warum sie so schüchtern war, aber jetzt begriff sie es. „Es ist bestimmt, weil sie sich schämt, dass ihre Eltern so arm sind“, dachte sie. „Das muss ich Mary sagen.“

Als die Schule aus war, suchte Lena eine Gelegenheit, mit Mary zu reden. Sobald sie angefangen hatten zu reden, kamen einige Mädchen dazu. Jede hatte etwas anderes zu berichten, das bewies, dass Naomis Eltern tatsächlich arm waren. Sie sprachen über ihren einfachen Kochstil und ihr Essen, die abgenutzten Farmgeräte des Vaters und all die anderen Dinge, die seltsam und anders wirkten.

Das Thema wurde mit der Zeit immer interessanter. Es passierte mehrmals, wenn die Mädchen gerade über Naomi redeten, dass das Mädchen nahe genug war, um zu hören, was sie sagten. Dann rief immer eine von ihnen schnell „Pscht!“ und alle liefen auseinander oder redeten über etwas anderes.

Eines Tages als Naomi in den Garderobenraum kam, um ihre Jacke nach der Mittagspause auszuziehen, redeten die Mädchen gerade über sie. Unter dem Regal stand ein Paar sehr abgetragener Schuhe und ein Mädchen fragte, wessen sie wären. „Naomis natürlich“, antwortete ein anderes schnell. „Sie ist die Einzige, die solche abgetragenen Schuhe anziehen könnte. Sie kommen bestimmt auch von der Müllhalde, so wie ihre anderen Sachen.“

Naomi stand wie angewurzelt da. Sie wirkte verletzt. Dabei hatte sie ihre Schuhe an, und die waren nicht abgetragen.

An jenem Abend beobachtete die Lehrerin die Kinder, wie sie aus der Schule gingen. Die Mädchen sprangen fröhlich und sorglos die Straße entlang. Die Lehrerin sah ihnen lächelnd nach. Doch dann verschwand das Lächeln von ihrem Gesicht. Sie sah, dass Naomi nicht an der allgemeinen Fröhlichkeit teilnahm. Sie ging mit den kleineren Mädchen und hielt den Kopf gesenkt. Die Lehrerin zog die Augenbrauen zusammen. Sie hatte in der letzten Zeit bemerkt, dass irgendwas in der Schule nicht in Ordnung war und mehrere Male hatte sie Naomis Namen gehört, wenn die größeren Mädchen in ihren Grüppchen zusammenstanden.

Die Lehrerin schüttelte den Kopf. „Irgendwas stimmt da nicht.“ Sie beschloss, Augen und Ohren offen zu halten. Sie musste nicht lange warten, um zu sehen, was vor sich ging. Am nächsten Morgen standen einige jüngere Mädchen zusammen und sprachen aufgeregt, aber ernsthaft miteinander. Die Lehrerin konnte nicht alles hören, was sie sagten, aber es ging um arme Leute, die nicht einmal genug zu essen hatten. „Über wen redet ihr denn da?“, fragte sie nach einer Weile.

„Über die Masts“, antwortete ein Mädchen. „Sie wissen doch, Naomis Eltern.“

Lena sah, dass die Lehrerin schockiert dreinblickte, aber versuchte, ihre Gedanken zu verbergen. „Wer hat euch denn so etwas gesagt?“, fragte die Lehrerin.

„Mein Bruder. Er hat gestern gehört, wie die großen Mädchen in der Schule davon gesprochen haben“, sagte das kleine Mädchen.

Die jüngeren Mädchen erzählten der Lehrerin alles, was sie gehört hatten. Sie waren ganz begierig, in allen Einzelheiten zu berichten, wie schlimm es stand.

Die Lehrerin ließ sie eine Weile reden, dann stellte sie ihnen einige Fragen. Wer wusste von diesen Dingen? Wer hatte es ihnen erzählt? Hatten sie es ihren Eltern zuhause gesagt?

„Nein, aber ich will es machen“, sagte ein kleines Mädchen mit großen ernsten Augen. „Die Bibel sagt, dass wir armen Menschen helfen sollen und ich bin mir sicher, dass Papa und Mama ihnen etwas zu Essen bringen werden.“

Die Lehrerin lächelte: „Das ist sehr nett von dir, Susie, aber ich glaube nicht, dass das nötig ist. Ich denke, Naomis Eltern haben genauso viel Geld, wie jeder andere.“

„Aber warum sehen sie dann so arm aus?“, fragte Susie.

„Ich weiß nicht, was du damit meinst“, entgegnete die Lehrerin. „Aber ich glaube, du hast etwas falsch verstanden. Ich möchte euch bitten, nicht weiter darüber zu reden. Ich glaube, Naomi hat genug zu essen und auch die Kleidung, die sie braucht. Macht euch keine Sorgen mehr über sie und sprecht bitte nicht mehr darüber."

Die kleinen Mädchen sahen etwas verwirrt aus, aber sie versprachen, was die Lehrerin wollte. Eine von ihnen sagte: „Wenn ich nochmal höre, dass jemand so was sagt, dann sag ich ihm, dass das nicht stimmt, weil Sie das gesagt haben."

Die Lehrerin lächelte den Mädchen zu, aber in ihrem Inneren war ihr nicht nach Lächeln zumute. Das war es also! Kein Wunder, dass Naomi so unglücklich ausgesehen hatte, als sie am vergangenen Nachmittag das Schulhaus verlassen hatte. Die Lehrerin fragte sich, wie das Gerede überhaupt begonnen hatte und wie weit es wohl verbreitet war. Sie bat die älteren Mädchen, nach der Schule dazubleiben. Lena und Mary sahen einander schuldbewusst an. Sie konnten sich gut denken, worum es gehen würde. Lena war schon in den vergangenen Tagen ziemlich beunruhigt gewesen, weil so viele Leute davon sprachen, wie arm Naomis Familie war. Es war nicht unter den größeren Mädchen geblieben. Sie glaubte zwar nicht alles, was herumerzählt wurde, aber einiges davon hielt sie ganz sicher für Tatsachen.

Die Lehrerin kam ohne Zögern zur Sache. „Heute morgens habe ich gehört, wie die kleinen Mädchen über etwas sprachen, das ich für bloßen Klatsch und Tratsch halte", sagte sie. „Es ging darum, wie arm die Familie Mast ist. Weiß irgendjemand von euch, woher dieses Gerücht kommt?"

Lena fühlte, wie sie rot wurde. Sie warf einen Blick zu Mary und sah, dass auch sie sich unwohl fühlte. Als niemand antwortete, drängte die Lehrerin sie. „Ich bin sicher, dass ihr auch von dem Gerede gehört habt. Ich würde gerne wissen, wer von euch weitergesagt hat, was ihr gehört habt."

Die Mädchen zögerten, aber dann gaben sie alle zu, dass sie sich an dem Klatsch beteiligt hatten. Die Lehrerin bedankte sich für die Ehrlichkeit, war aber immer noch nicht zufrieden. „Wo kommen diese Gerüchte her? Es hat doch niemand damit angefangen, einfach nur um etwas zu sagen."

„Ich … ich glaube, es hat angefangen, als einmal alle Mädchen über Naomis Broteimer geredet haben", sagte eine Achtklässlerin. „Sie wissen, er ist irgendwie zurechtgebogen und angestrichen. Ich glaube, sie haben ihn von einer Müllhalde. Jemand hatte ihn weggeschmissen und Naomis Mutter hat ihn gefunden. Er war ganz rostig und verbeult, aber sie haben ihn zurechtgebogen und angestrichen und jetzt benutzt sie ihn."

„Ein Teil deiner Geschichte ist wahr", gab die Lehrerin zu. „Zufällig kenne ich die Geschichte von Naomis Broteimer. Sie haben ihn wirklich gefunden, aber er war nicht alt, sondern praktisch unbenutzt. Ich habe ihn wenige Tage, nachdem sie ihn gefunden hatten, gesehen."

„Aber warum war er dann so rostig?", fragte ein Mädchen.

„Wer sagt, dass er rostig war?", fragte die Lehrerin zurück.

„Naja, er musste ja angestrichen werden." Lenas Stimme klang belegt.

„Sie haben ihn angestrichen, weil unschöne Bilder darauf waren und Naomi ihn so nicht benutzen wollte. Da ist doch nichts Schlimmes dabei. Warum sollte man seinen

Broteimer nicht anstreichen dürfen?“ Der strenge Ton der Lehrerin verstärkte das Unbehagen der Mädchen.

„Wenn … wenn er fast neu war, warum war er dann so verbeult?“, wollte ein Mädchen wissen.

„Sieht es schlechter aus als irgendein anderer Broteimer?“, fragte die Lehrerin zurück. Als niemand antwortete, sagte sie: „Ich weiß nicht, was mit ihrem Broteimer ist, aber mir ist nie aufgefallen, dass da irgendwas nicht in Ordnung sein sollte.“

Lena rief sich Naomis Broteimer in Erinnerung. Jetzt, wo sie darüber nachdachte, musste sie zugeben, dass er nicht so schlecht aussah, wie sie immer getan hatten.

„Gut, soviel zum Broteimer“, sagte die Lehrerin steif. „Und jetzt zu den anderen Dingen, die da so herumerzählt werden. Wer hat gesagt, dass sie nicht genug zu essen haben und dass sie nur Reis essen, weil er billiger ist?“

„Naomi hatte gestern Reis für die Mittagspause dabei“, sagte Mary.

„Sie hatte also einmal Reis dabei?“

Mary nickte.

„Und das bedeutet, dass sie ihn oft essen, weil er billiger ist?“

Mary senkte den Kopf und die anderen Mädchen auch. Sie begannen zu verstehen, dass sie etwas ausgelöst hatten, das immer größer geworden war, bis es außer Kontrolle geraten war. „Ich weiß, dass einige Mädchen hier eine Menge Federn aufzusammeln haben“, sagte die Lehrerin.

Lena sah auf. Wovon redete die Lehrerin da? „Kennt ihr die Geschichte von der Frau, die oft Gerüchte in die Welt setzte?“

Niemand kannte sie, deshalb erzählte die Lehrerin die Geschichte. „Diese Frau teilte anderen immer wieder ihre Vermutungen mit, die sich so anhörten, als wären sie wahre Tatsachen. Andere gaben das Gehörte weiter, bis aus einfachen Vermutungen abscheuliche Gerüchte wurden. Eines Tages besuchte der Pastor sie. Um ihr zu zeigen, was sie getan hatte, führte er sie auf die Veranda und gab ihr eine Tüte voller leichter, flaumiger Gänsefedern. Sie wusste nicht, was in der Tüte war und er sagte es ihr auch nicht. Sie sollte nun die Tüte ausleeren und den Inhalt über die Brüstung kippen. Stellt euch vor, wie überrascht sie war, als sie die Tüte ausleerte und all die Federn durch den Garten fliegen sah! Ein leichter Windhauch trug sie davon, in den Obstgarten, über die Gemüsebeete, hinter den Stall. Bevor die Frau sich von ihrer Überraschung erholt hatte, sagte der Pastor: ‚Gut, jetzt kannst du gehen und die Federn aufsammeln, die du überall verstreut hast.‘ ‚Oh, das ist doch unmöglich!‘, rief die Frau verzweifelt. ‚Dann müsste ich den ganzen Tag arbeiten und morgen und übermorgen auch und auch dann würde ich nicht alle wieder einsammeln können. Viele sind ja schon weit weggeblasen und ich werde sie nie mehr finden!‘ Da erklärte der Pastor ihr, dass es genauso auch mit dem Klatsch war. Sie warf ihre Worte so leichtfertig in den Wind und sie gingen weit herum. Und nicht nur das, sondern das Gerücht wurde immer größer und größer mit jedem Mal, bei dem es weitergesagt wurde. Es ist genauso schwer, falsche Gerüchte wieder zu korrigieren und aufzuhalten, wie Fe-

dern aufzusammeln, die vom Wind auseinandergeweht wurden."

Ernüchtert saßen die Mädchen da. Da ergriff eine der älteren das Wort: „Wenn es nicht stimmt, dass die Masts arm sind, warum benehmen sie sich dann aber so? Sie sind so …", sie hielt inne. „Sie benutzen alte Lumpen als Taschentücher und so."

„Manche Leute sparen in einer Hinsicht, andere in der anderen", erklärte die Lehrerin. „Ich bin sicher, wenn wir alles über die Masts wüssten, würden wir feststellen, dass sie ganz gewöhnliche Menschen sind, die für ihr Auskommen sorgen und schauen, wie sie noch etwas beiseitelegen können. Wie sie das machen und in welchen Punkten sie sparen, ist ihre Sache, genauso wie es die Sache eurer Eltern ist, was sie kaufen oder nicht. Etwas anderes, das ihr euch merken müsst, ist: Ob Naomis Eltern arm sind, oder nicht, macht eigentlich keinen Unterschied. Unser Verhalten zu ihnen sollte davon nicht abhängen. Wir müssen es lernen, andere Menschen zu respektieren und keine falschen Gerüchte über sie zu verbreiten."

„Hm, und was … was können wir jetzt tun?", fragte Lena beschämt. „Wir könnten versuchen, den anderen zu sagen, dass es nicht stimmt, was da herumerzählt wird, aber …" Sie verstummte.

„Die Federn aufzusammeln ist ziemlich schwer, was?", fragte die Lehrerin. Diesmal klang ihre Stimme schon freundlicher.

Die Mädchen nickten. Die Lehrerin sprach weiter: „Vielleicht könnt ihr nicht alle Federn aufsammeln, die ihr verstreut habt, aber ihr könnt in Zukunft sehr vorsichtig sein mit dem, was ihr verstreut. Ihr solltet alle besonders nett zu Naomi sein."

Lena nickte. Sie sah jetzt ein, wie grausam und ungerecht Klatsch war und wie aus kleinen Aussagen große Gerüchte wurden, die nicht wahr waren. Sie wusste eines: Sie wollte nun versuchen, viel vorsichtiger zu sein, um nicht wieder zu klatschen.

Die Mädchen wurden entlassen und eilten nach Hause. Morgen wollten sie bei Naomi um Entschuldigung bitten für die unfreundlichen Dinge, die sie gesagt hatten. Lena hatte viel nachzudenken, als sie nach Hause ging.